vivek shanbhag

赶掐拘掐

【印度】维韦克·尚巴格 著

张馨文 译

上海译文出版社

Vivek Shanbhag
Ghachar Ghochar：A Novel
Copyright © Vivek Shanbhag 2013
English translation copyright © Srinath Perur 2015
Ghachar Ghochar was originally published in Kannada. It was first published in English as an excerpt in *Granta 130*（ed Ian Jack）.
This edition arranged with The Debi Agency
Through BIG APPLE AGENCY，INC.，LABUAN，MALAYSIA.
Simplified Chinese edition copyright © 2020 Archipel Press
All rights reserved.

图字：09－2020－584号

图书在版编目(CIP)数据

赶捎构捎 / (印)维韦克·尚巴格(Vivek Shanbhag) 著；
张馨文译. — 上海：上海译文出版社，2020.8
书名原文：Ghachar Ghochar：A Novel
ISBN 978-7-5327-8478-3

Ⅰ. ①赶… Ⅱ. ①维… ②张… Ⅲ. ①中篇小说-印
度-现代 Ⅳ. ①I351.45

中国版本图书馆 CIP 数据核字(2020)第 087967 号

赶捎构捎
[印]维韦克·尚巴格 著 张馨文 译
特约策划/彭伦 责任编辑/徐珏 封面设计/韩捷/zero-media. net. Munich

上海译文出版社有限公司出版、发行
网址：www. yiwen. com. cn
200001 上海福建中路 193 号
上海信老印刷厂印刷

开本 850×1168 1/32 印张 3 插页 2 字数 43,000
2020 年 10 月第 1 版 2020 年 10 月第 1 次印刷
印数：0,001—6,000 册

ISBN 978-7-5327-8478-3/I·5209
定价：39.00 元

纪念亚什万特·奇塔尔 *

* 亚什万特·奇塔尔（Yashwant Chittal，1928—2014），印度小说家，用卡纳达语写作。

一

文森特先生是咖啡屋的服务生。是的，咖啡屋的名字就是：咖啡屋。店名百年如一，营业内容倒是改了不少。你依旧可以点杯咖啡，但这儿早已成酒吧加餐厅了。没有那种让你怀疑饮酒有害身心的昏暗灯光，人们也没有挤满小圆桌。此处空气流通，地方宽敞，有着挑高的天花板。喝上一杯，你会感到自己有素养，相当优雅时髦。人肩膀高度以下的墙壁是木质的，嵌着格纹，屋子中间坚固的方柱上悬挂着老照片，向你展示这座城市一个世纪以前的风华。这些照片让人想起那更为高雅而闲散的旧日时光，不知怎的，咖啡屋似乎也停留在那个过去的世界里。举例而言，你可以在傍晚七点最拥挤的时刻，只点一杯咖啡，占据一张桌子长达两小时而不会遭人白眼。他们似乎明白，当一个人长时间地呆坐着，他脑中势必有千军万马奔腾。而他们也明白，这万马千军不会轻易放过此人，最终，他将被吞噬，如同旧照片中那些宁静的处所，被顾客贪婪地买走，变成今日围绕着我们的一团混乱。

先不说这些，没打算多愁善感。回到文森特——黑皮

1

肤、高个子，稍过中年但依然强壮，一点啤酒肚也没有。身着白色制服，你铁定会注意到他红色的束腰带；头戴白色头巾帽，顶上竖起的羽毛像是黑天神头上的孔雀毛。只要有文森特在——看他为你端上咖啡、为你以熟练的角度斜放杯子并倒入啤酒，或者看他在某位顾客装腔作势地拾起刀叉切开炸小排时露出若有若无的微笑——不禁觉得，他一眼即可看穿我们。现在看来，我怀疑他比咖啡屋的常客们更了解他们自己。

有一次，我非常焦虑不安，在文森特端上咖啡时忍不住对他大声说："文森特！我该怎么办？"我一下子感到尴尬羞愧，正想向他道歉，他的回答却颇有深意："先生，由它去吧。"这或许只是泛泛的说辞，但他言行举止中似乎有着什么，使我特别将它当真。在那不久后，我抛弃了琪特拉，以及我们之间的一切。人生就此打个弯，步入了婚姻。在此，我要声明，别以为我相信超自然——我并不。尽管如此，我却也没打算为接下来发生的种种寻找理性的基础。

今日，我在咖啡屋待得比平时更久，急切想获得一些启示。一部分的我渴望和文森特交谈，却一直忍着——万一他说出什么我不想听的话呢？那是一个午后，店里只有一些客人，在我视线正前方是位身着蓝色 T 恤的少女，正在笔记本上胡写乱画。她的桌子对着窗外大街，桌上放有两本书、一杯水与一个咖啡杯。写字时，一绺头发飘到她的脸颊上。该少女至少一周三次在同一时刻出现。有时，会有一位年轻男子点杯咖啡加入她，然后一起离开。她所在的位置正是我和琪特拉过去约会坐的桌子。

正当我猜测着她的朋友今天会不会来时，他出现在门口，在她的前方坐了下来。我的眼光飘到其他地方去了，又在听到一阵咆哮时猛然回神。她站起身，身体横越桌子，一手拎起他的领子，一手甩他一巴掌。他一面口不择言地解释，一面高举着前臂阻挡。她放开衣领，将一本书摔在他身上，接着又一本，一面尖声怒骂全世界所有的男人。暂停下来时，她愤怒的目光扫过桌子，像是在寻找下一个可以丢的东西。他将椅子向后一推就逃。她拿起眼前的水杯摔过去，没击中，却砸在墙上碎了。他离开后，她看起来异常地冷静，拾起书本和背包。有好一阵子，她紧闭着双眼端坐着，呼吸很沉重。有个男孩将破碎的杯子扫起。人们目睹事情发生，咖啡屋一度陷入沉默，现在，人们又恢复平日的嘈杂。仿佛是一出戏，现在轮到文森特上场，他走到她桌前，她抬起头点了些东西。文森特似乎早已知道她要点什么并已在吧台准备好。金汤力①以快得出奇的速度上了桌。

文森特从那桌离开时，我挥手叫他："发生了什么事？"

其他人若处在他的位置，多半会回答情侣分手，或是推想男的不忠，甚至可能会注意到那女的是第一次点酒。

---

① 金汤力是一种鸡尾酒，在直筒高杯中加入一半左右冰块，倒入至少八成满汤力水和约一盎司金酒（杜松子酒），稍微搅拌一下。

但我们的文森特大不相同。他弯下腰，说："先生，一则故事，多种解读。"

文森特若是有点名气，蓄长发亮的胡子，恐怕会有成千上万的人前来膜拜。他说的话和那些显贵要人有什么不同呢？话语本身并没有意义，它们只对听得进去的人产生意义。仔细想想，那些被当作神的化身的人也很少说出什么了不得的话，只不过他们的日常言谈被赋予了神意。而谁敢保证，当神来访，他不会化身一位餐厅服务员呢？

事实是，到咖啡屋来，我并没有明确的目的。然而身在这样的时代，如此繁忙的都市里，谁会承认自己正在从事一件毫无目的的事情？所以我说：来这里是为了暂时逃离家中的争吵。若是家中一片太平，我会想出其他理由。但无论如何，拜访咖啡屋已是我每日的仪式。我曾向我的太太阿妮塔举例说明文森特神一般的存在，而她时不时语带讥讽地说："你今天又去庙里了吗？"

在咖啡屋时，冥冥中我感觉自己无声的请求被听见了。有时睡前想到第二天能待在那里，我就半梦半醒地度过整晚，焦急地等着早晨抵达。到了这儿，挑张能见到窗外景色的桌子坐下，这个时间的咖啡屋通常只有几个人。毋需明讲，文森特会自动为我送上一杯浓咖啡。我坐着，看着人来人往：寒冷的冬天，穿着毛衣、夹克的人们匆忙走过；夏日，人们穿着轻薄衣服，露出皮肤给太阳晒晒。盯着窗外约莫半小时，我把文森特唤来聊天，从他说的话中挖掘睿智的珍珠。如果我情绪特别低落，我会多叫份点心延长和文森特的对话。有时很想向他倾诉心事，但，面对这么一位仿佛已经什么都知道的人，这又有什么必要？离开了令人神经紧绷的家与家人，在咖啡屋的闲暇时间是一天中最抚慰人心的时光。

那位刚把朋友打跑的少女让我想起了琪特拉。她的心底，恐怕也早已如此将我糟蹋了一番——若是我，我就会不发一语地直接溜走，而以她的骄傲是绝不会允许自己追打出来的。在这段时间里，琪特拉不曾试着联络。过去我常和她在下午碰面，就坐在那张桌子旁。她在妇女权益组织工作，提起工作上的事，总是越讲越气愤。我将自己视同她批评的那些男人，在那儿听着，迷惘地感到罪恶。她会说："你怎么可以只因为茶不对味就把她的手臂打断？"或："难道只是因为你的太太忘了把钥匙寄放在邻居家里，就把她杀了？"我明白茶的口味不该导致断臂的悲剧，而忘了的钥匙也绝不该演变成谋杀。但这与茶和钥匙有什么关联？它们只不过是压垮骆驼的最后一根稻草，这根稻草还可能是一个眼神或一阵沉默。然而我能解释给她听吗？除了她的愤怒，我们的关系里容得下任何其他的东西吗？在我们之间，温柔体贴还有余地吗？想想，在我们之间，其实什么也没有，至少可以确定，我们一点肉体接触也不曾发生。我不曾牵过她的手，尽管我或许可以这么做。一开始认识的时候，我相信我们可以再亲近一些。然而，当有

5

一天我发觉我们之间已经什么也没有了，我便改成傍晚造访，不再于我们平常的时间去咖啡屋。就这样——我们再也没见过面。

我清楚地记得最后一次碰面时聊天的内容。她说有个女人半夜被婆婆赶出家门，当她在门外冷得发抖时，她的丈夫、丈夫的爸妈和姐妹在被子里睡得香甜。这名女子在门外坐着，隔着窗户听着丈夫的打呼声直到天明。清晨时，她假装在等牛奶，以免被送牛奶的人知道这件丢人的事。描述起这女人的处境，琪特拉的嗓音越发尖锐。"我保证一定要让这位先生和婆婆亲眼看到监狱的墙！"她发着誓一面起身一面说，"我得在我们的律师下班前跟他讨论这个案子。"她一如往常地轻拍我的肩膀，说了声"再会，亲爱的"就离开了。现在想起来我也是一片迷惘，当时的我是否知道一切已经结束？她离开之后，我静静地坐在那儿许久。第二天，我没有在平日的时间出现，之后也是如此。琪特拉可能向文森特打听过，我不知道。可能她发觉我在回避她，而她也没想要继续联络。今日我坐在咖啡屋中，内心比平常更烦躁。若我自己有所察觉，文森特必定也是。他知道我急切地想和他交谈，自发地前来，我告诉他："麻烦，再来一杯柠檬苏打。"他离开前望着我，仿佛说："就这样吗？"在我面前，那位少女几口将金汤力喝完，将书塞入背包。

我的手机响起，吓了我一跳。铁定是家里打的，我已经离家三十小时。突然间我开始担心这通电话将带来的消息。我看一眼手机，是未知的电话号码，带着恐惧接了起来，是问我要不要保险的。"不要！"我简短回答后将手机塞回口袋。

文森特送来的托盘上，盛着装有加盐柠檬汁的杯子、一瓶苏打水、一小盘柠檬片还有长长的调羹。他有条不紊地将托盘上的东西放上桌，从束腰带的某个地方取出开瓶器，将瓶盖撬开，苏打水倒入杯子时涌出气泡，文森特等待气泡消去的时间比实际需要的更长些，似乎在多给我一些时间。我也可以伪装，但在一个全知的人面前，我又如何能隐藏自己急切要向他倾诉的事实呢？

二

　　我们家是个大家庭。我和太太、爸妈、叔叔还有玛蒂同住一个屋檐下。玛蒂是我大姐，她离开自己的丈夫，回家长住。人们很自然地会问：为何这六人一定要住在一起？我能说什么呢——家人最擅长的，就是假装他们想要的就必然能得到。

　　小爹梵克陀查拉是一家之主，他是爸爸的弟弟，也是家中唯一挣钱的人。小爹是个工作狂，干起活来没日没夜。我们家从事香料贸易，拥有一家名叫黄金玛萨辣①的公司。生意内容很单纯：从喀拉拉邦买进大批香料，在仓库中分成塑料小包装，转卖给城里的杂货商。这门小爹起头的香料生意是家中收入的唯一来源，也因此，小爹的地位在我们所有人之上。对我们而言，他的餐点、喜好、他一切的方便都有无上的重要性。他越努力地干活，我们的日子就越好过。小爹至今未婚，我们心想，我们是如此关注他，恐怕他自己心底也怀疑着，到了这样的年纪，究竟婚姻能

―――――――――
①　玛萨辣（masala）是混合香料的通称，任何一种混合香料都可称作玛萨辣。

带来什么样额外的安慰，毕竟他已享尽赚钱养家的男人专属的一切特权。清晨，在他起床发出第一个声响前，茶已泡好等着。他沐浴完毕的那刻，煎多萨圆饼①的平底锅已放上瓦斯炉加热。他大可将衣服扔在浴室、房间，或是家中任何一个角落，最终，它们都会被洗好熨好，放置在衣柜中。有时，他会以工作为由，在仓库的房间过夜，我们也都小心翼翼地不予过问。只有一次，那是几个礼拜之前，一位女子的造访引起家中一阵骚动，小爹那时在家，却完全不现身。有我们挺着，他哪有出面的必要？

　　这位女子在星期日早上大约九点到来。隔着房子有些距离等候一阵，似乎盼望着小爹的出现。很快，这位漫无目的杵在路边的女子引起了人们的好奇，老妈开始透过厨房的窗户观察她。这位女子身着浅绿色镶有红边的莎丽②，举止没有丝毫的不端庄。她一直杵着，约有半小时之久，时不时地望向我们屋子。老妈对此事相当关切，走到窗边好几次，毕竟这样的事情向来是女人们先起疑心。女子似

---

① 多萨圆饼（dosa）是南印最重要的日常食物。发酵米糊煎成大型圆形饼，有厚有薄，口味多样。最简单的是多萨圆饼，棕色微焦的圆形脆薄饼不添加其他佐料，卷成一卷或对折放置盘上，佐吃特泥酱与由蔬菜炖煮的南印咖喱萨巴来吃。另一常见的则是玛萨辣多萨圆饼，圆饼中间放有马铃薯咖喱泥，对折起来后蘸吃特泥酱与萨巴食用。

② 莎丽（sari）是印度女子的传统服饰，通常是由一片带有短袖的胸衣外加一块长布所组成，长布先在腰间围成长裙，再自腰际拉起披在肩头，剩余的长布垂在背上。这种服饰使女人的腰部裸露，胸脯若隐若现，是印度女人最迷人的衣装。

乎并不想引人注目，我们推测，只要能跟小爹见个面，她就会高高兴兴地离开。然而，事情并非这样发展。

女子最终鼓起勇气走了过来。老妈见她打开我们前院门栏，即刻冲了出去，但女子已经踏上前台台阶。

老妈上前问道："有何贵干？"

"请问，这是梵克陀查拉先生的家吗？"女人语带犹疑地问。

"是的，你是谁？"

"我叫苏哈希妮。他在家吗？"

"你想见谁？"

"我想见他……梵克陀查拉先生。我能和他说几句话吗？"

"找他有什么事？"

"我想跟他说两句话。"

"为了……？"

"我能见他吗？"

老妈这人，很可能因为对方拐弯抹角而感到遭受了蔑视。但她颇为克制，毕竟，她还不能确定这个女人是小爹的谁，不想触怒小爹。"你等等，我去跟他说。"说毕，老妈将女子留在门口，走回家中。要想象老妈心底在那短暂的交谈过程中所闪过的念头，对我来说并不困难。当时，我们三个男人正围在餐桌边吃早餐，一面听着门口传来的对话。玛蒂和阿妮塔在厨房也听得见。但没人承认听见任何东西。

老妈进门走向小爹。在她开口前，小爹已作势自己不在。这点表示正是老妈所需要的。她于是大步离开。

"他不在家。"我们听见老妈这么说。

"但……我知道，他明明是在的。"

"我已经说了他不在家。"

"可不可以拜托你把我的名字告诉他？"

"他又不在，我能怎么办？"

"他在，我知道。"

"你难道是说我在说谎？"

"我知道他在房里，我站在外面的时候透过窗子看见他了。拜托你去叫他，我只是想跟他说说话。"

"要怎么讲才讲得通？不在就是不在。就这样，请你马上离开。"从老妈的口气听来，她显然快失去耐心了。我倒是颇讶异她撒谎能撒得这么理直气壮。

"没见到他我不会走的。"

玛蒂走到门口加入战局。我也抑制不住好奇心，跟上前去，倚着门框站着。这名女子近看很有魅力，肤色偏暗，看得见她左侧太阳穴上愈合的伤疤与夹杂在黑发间些许的灰发。她绿色的莎丽上有着细致的棕色花纹图案，手中握着用塑料袋裹着的小包裹，肩上则挂着黑色的手提包。

多了玛蒂撑腰，老妈拉高了嗓门："嗳，你最好马上离开，难道要我动手赶人？你以为你是谁啊？"

12

女子被老妈突来的强势吓到了。她似乎了解到情势正渐渐失控，起身离开前，她从手中的塑料袋中取出一个不锈钢饭盒，想要交给老妈。她说："这是玛酥豆咖喱，是因为他喜欢我才带来的，请你转交给他。"

　　"这是干什么？你以为我们家没人煮饭吗？"老妈这回可怒了。她将饭盒推了回去。

　　"不是这样的……"她一面说，一面将饭盒塞到老妈手中。老妈将手一抽回，饭盒打翻在地上，盖子落在一旁，饭盒里的东西洒了出来。加娄香料①的辛香飘进了屋里。我们都知道小爹特别爱吃玛酥豆咖喱。

　　此时，女子似乎是崩溃了，她在洒了一地的咖喱前方跪倒下来，发出无助的低声。咖喱的汁液沿着地面流淌，形成亮红色的水痕，深色底料留在后头。这名女子对小爹的感情是真的。出现一阵局促不安的沉默，我想此时我们都有些慌张了，也好奇小爹会怎么做。

　　静默维持不了多久，老妈无端地痛骂了起来，对着她叫嚣："滚，滚，你这个妓女！"

　　我向后退了几步，瞥了一眼餐厅，想知道小爹的反应。他早已搁下早餐，撤退到房里了。

　　这名女子并未恶言相向，她不是来吵架的。是我们自

———————————

① 加娄香料（garam masala），加娄是印度语中"热"的意思，加娄香料是一种玛萨辣，混合多种使身体发热的香料，如豆蔻、肉桂、胡椒、茴香等，各家有各家的加娄香料配方。

己因为她对我们之中某人的爱意而失了风度，是我们如此不留情面地将她撕成碎片，使她崩溃地跪在地上啜泣。老妈和玛蒂骂她是乞丐、是妓女。从她那难以置信的表情可知，她不曾被这样对待过。她之所以等在那儿，或许正是因为她确信小爹会出面救她。而这可能也是老妈最害怕的，只是这担忧并没有使她停下来。

从那日起，我开始相信，伤害女人最深的是另一个女人的话语。我从未想过玛蒂和老妈可以对人如此残忍——她们就像是保护自己地盘的疯狗。那个女人只是想和小爹见上一面，而这两位女士却用最恶毒的言语攻击她，在她坐在地上啜泣时依然不停歇。突然，女子抬起了头，用她泪水盈盈的眼睛在我们身后的房子搜寻着，她用嘶哑的声音喊着："阿梵、阿梵……出来吧，是我啊，你的小多。"

又是一阵沉默。她已使出最厉害的武器。事情已经相当尴尬而明朗了：他们之间一定有过什么。阿梵和小多！两个私密又充满深情的小名公开了。他会承认自己的这一面吗？我们等着，他若会回应她的呼喊，就是现在了。老妈的态度不变，但我注意到，她也转头朝屋内瞧去。几秒过去，屋内未有任何动静，大势已定，小爹是不会出来了。一股压抑着的莫名愤怒从女子身上散发出来，天知道他们之间的关系有多深！我们已占优势，接下来就是结束这场戏。

在我们开口说话之前，她已起身离去。她快步穿过前院，又转身迟疑片刻，才将前门带上。一直到今天，每当回想起那时她眼中的轻蔑，就像是有人朝我吐口水。她对那扇门的态度也已经改变，仿佛因为是这栋房子的一部分，那门使她作呕而无法触碰。她沿着大路离开，很快就消失无踪了。

小爹依旧没影儿。为何对她的呼唤不理不睬？他大可唤她小多，请她进门。他知道我们不会对他的任何决定有一丝意见。那他为什么不呢？房里只剩咖喱的香味，味道之诱人使我们不禁希望那便当盒里还剩着一些干净的咖喱。老妈下令将那便当盒丢了。

阿妮塔并没有参与那天早上的事件。她当时在屋中，认为我们对那女子非常不公平。然而主持正义往往是自找麻烦。连沉醉在胜利中的老妈与玛蒂也注意到了阿妮塔的不满。家中的每一个成员都该在家遭受威胁时团结起来，这是我们心照不宣的准则，阿妮塔实在不应该破坏这个准则。

沉默笼罩着屋子，这份沉默又因为逗留不去的咖喱香而更加厚重。老妈想必意识到这种沉默若不加以打破，很可能会从内部将这个家给吞噬。她不停地说话，别人都没心思说话，于是她开始针对帮佣莎拉撒。

"莎拉撒，你看，买多萨圆饼锅的时候，只检查锅子表面是不够的。你应该翻过来检查。背面的表层也应该是平滑的。而且，你要是从第一天起就把它当成不粘锅来使

15

用，你就等着看吧，你的多萨圆饼铁定被锅子粘得乱七八糟。真正使用锅子前是有一整套程序的。在我们家，我们会在锅表面抹上一层油，放在炉火旁好几天。有时候要把它放在大太阳底下晒。充分受热后，我们才去洗它，用椰子壳的粗纤维刷。这样反复操作个几次，直到平底锅充分与油结合，可以使用为止。一个理想的多萨圆饼锅，表面应该够粗糙，才可以固定米糊，米糊才不会滑来滑去，但又能够平滑得使多萨圆饼不粘锅而可以顺利起锅。做到这样，这个锅才可以正式使用……"

老妈用这样的口气说了一通话，莎拉撒在洗碗的空当嘟囔一阵表示认同。老妈声音中有种独特的音调，即便人在厨房，声音也能传遍整栋屋子。这一天，她更加提高她的音调。过了一会儿，她开始对莎拉撒的敷衍心生不满，并把玛蒂拉了进来。

"玛蒂，如果高芽伯今天来拜访对面人家，把他叫过来一下。我们的茉莉花正在枯萎，我是请他来施一下肥，可他似乎把整株的花连根拔起了。今天是星期天，是吧？他今天应该会来……"

"阿母，哪个房子？米拉的？"

"对，你去跟米拉说，高芽伯去的时候，叫他也来这里。你房间阳台上的植物长得很慢，如果没有让它们晒到太阳，是会这样的……"

没有人注意到老爸已经起身走进他的房里。

我走回餐桌前，站着把盘中剩下的煎饼抓来吃。当我要去洗手时，注意到阿妮塔从厨房那侧瞪着我。一转眼她出现在我面前，扫过我身边，压着呼吸喃喃了几句，冲上楼回到我们的卧房。我随之上楼，有点惊吓。

　　"我可没羞辱她。"我指出。

　　"一个男人光站在那边看就足够说明问题了，这比你自己对她咆哮还要可恶。你们怎么可以这样欺负一个女人？你们甚至对她一无所知！是她一个人的错吗？你们都应该感到羞耻。你们甚至没有一个人有勇气听她把话说出来。她们怎么可以这样对待别的女人？"

　　我没有办法反驳她。我怎么能告诉她，我们必须不顾一切代价保护小爹？她听不懂的。要听懂，她得跟我们一同经历过那段日子——一家人绑在一起，像一个身体一般踩过艰困环境的钢索。没有这样真实的体验，说什么听起来都像是空泛的道理。

三

　　家中重要性次于小爹的是老爸，拥有黄金玛萨辣公司一半的股份。老爸是个安静的、活在自己世界里的人，每天早晚定点出门，像是上了发条的钟。他若死后没留下任何遗嘱，财产将由我、姐姐和老妈均分。我们现在唯一的担忧就是他老来发失心疯，陷入什么毁灭性的慈善事业。为此我们努力维持他的好心情，确保他不至于对美食失去兴趣或者发展出其他什么苦修的念头。我们尽量避开虚度生命之类的话题，而这么做的一个不幸后果，就是我们必须在他走出自己世界的那段时间，忍受他的絮絮叨叨，忍受那些一再重复且一成不变的老故事。天晓得，让我们想起那段靠他微薄薪水打拼过活的日子，到底带给他什么样的乐趣！

　　老爸对于享受当下的富有抱有很深的怀疑，仿佛这一切都不是应得的。他时常引用一句格言：财富不应如上帝显灵般瞬间降临，应如树木渐次苗壮。讲的像是现在的一切对他而言皆毫无意义，这也是我们不安的根源：万一他一时冲动，立下遗嘱说要把财产投入什么高尚理想怎么办？那些受崇高理念左右之人，行动起来向来是二话不说的。让全家人在街头喝西北风就是这种人的专长。

老爸过去是茶叶公司的推销员，薪水恰好只够我们在班加罗尔这样的城市勉强过活，然而我们好歹也是租了间小屋子，过着衣食无忧的日子。所以即便穿的衣服旧了些，不能老是大吃大喝，我和玛蒂可不曾真正挨过饿。老爸也有本事将小爹像个儿子一样带大，直到他获得商科学士学位。

他的工作从早上九点开始，一直到晚上八点。每天早上会到公司的仓库，将一辆装满一包包茶叶的小卡车开到指定的市场，补充商店的库存，将收到的货款卷好塞进挂在肩上的斜背包，背包带横穿过胸膛。他养成了将拇指与食指沿着背包带滑动的习惯，就像牧师抚摸身上的神圣织线那般。和别人不同，他以推销员的工作为荣。"你认为推销是一份什么样的工作……"他讲着往日的英勇事迹，例如他是如何成功地向那些柜子早已塞满茶叶的商店推销货品。那时，他总是把皮鞋刷得闪闪发亮，衬衫烫得平平整整，出门时神气得像位官员。晚上回家时却是一副被烈日晒得萎靡的样子，衣服也皱了。只消瞧一眼那双风尘仆仆的破皮鞋就足以看穿他工作的真面目。

回家之后他得把账算清楚。他会先去洗澡，换上睡衣和长背心，啜一杯热茶，准备下一轮的工作。他在长长的表格纸上填入卖掉的茶叶与咖啡粉的数量，还有已付的、应付的款项。他坐在房间的地毯上，被纸张包围着，一侧是收据本，另一侧是钱包。如果账对不起来，他会一次又一次地从头来过，直到完全对清。他常说："一毛钱都不能少。"表填完，他将钱收拢起来，用细棉线捆好，摆在神桌的下方。隔日清晨他会去银行买张即期汇票，用挂号信将汇票寄给公司，为一整天的工作画上句号。

老爸的工作就是我们全家的工作。他所销售的茶叶的各种厂牌名，我们全都倒背如流，连厂商代码都一清二楚。有时候，玛蒂与我会帮他算账。那张长长的表格纸叫做存货表，玛蒂会拉住纸的一角，固定住下方的复写纸，而我则将一排的数字读过去。有几次，是我找到了老爸的错误。他有时会跟老妈讲起公司里的人，最常出现的角色首先是他的老板——销售经理。我们会一起读那些公司的来信与通告，这些信件总以"销售愉快！"结束，现在回想起来，也真够奇怪了，推销这种困难的任务，做起来哪会愉快。

每一年，总会有一到两天，老爸出差到其他的城市参加销售大会，结束后会带回一件公司的礼品。家里的闹钟、熨斗、行李箱都是这样来的。每当销售大会的日子临近，他就向老妈报告公司里关于年度礼品的各种臆测。有一次正是因为一条毫无根据的礼品谣言，我们几乎有整整一年的时间没换高压锅。

老爸似乎从没加过薪，除了有一年碰巧业绩不错，获得了稍微高一些的佣金。他的责任是维持家计、负担我们

21

和小爹的学费。因为这个缘故，老妈不曾从老爸那儿获得珠宝首饰。她有时会提起，却也清楚以家里的收入，这绝对是没有希望的。只要大家靠的是老爸的薪水，家中财务状况是全体皆知的，每个人都很清楚家里有多少余钱，要想买新衣服，必须要从哪里省多少才够。这使得我们对买不起的东西再也没有任何欲望。毫无选择时，人就不会有不满了。

有天傍晚，老爸算账时发现差了八百卢比。这种事以前发生过，所以我们没有太放在心上。老爸又喝了一杯茶，准备再算一次。然而，无论他重算多少次，数字就是不对。到了晚上十点左右，我们开始担心了。他不肯吃晚餐，一定要先找出错误。"让小孩先吃，我等会儿就来。"他跟老妈说。玛蒂和我上了餐桌，小爹也来了。通常，小爹并不参与老爸的工作，但那天很不同。吃饱后他马上跟老爸坐在一块儿，检查所有的数字。老爸翻看他的收据朗读出来："380，805，150，16，220……"小爹则一面在表上打钩，一面附和："哼嗯，哼嗯。"

他们重新做了账，也将钞票重新算过，但差额还是在那里。老妈叫老爸吃晚餐，他咕哝着走进厨房。而就在他吃饭时，停电了。老妈点起两盏煤油灯，一盏放在老爸的前方，一盏拿去客厅给小爹，他还在努力找消失的钱。

厨房里，煤油灯飘起一朵玫瑰花状的烟，老爸一面吃，老妈一面问："你今天去了哪些地方？有没有人该付而没付？你把钱算清楚了吗？还是你把一些钱放在背包里的其他地方？"老爸被这一连串审问给激怒了，迅速吃完饭，走到客厅把他的包包从里到外整个掏空。电就在一阵刺眼的光亮中回来了。

"我从来不会把钱放在其他地方！这全归功于我们罗摩那先生的训练。他说：'除非为了算账，钱绝对不能停留在你的手里。钱要不在商店老板的手里，要不就在袋子里。'所以，所有的钱都在袋子里，不可能会不见啊……"八百卢比对我们来说是巨款，若找不着，老爸恐怕要自己贴，更糟的是，销售经理预计将于这两天来访。"到时候要是还没有解决，我就完了！"老爸说。

我和玛蒂睡在当中的房间，她很快就睡着了，我一直醒着，瞧着老爸，他还是担心极了，一再地检查收据与钞票。在睡意将我带走之前，我心底一直想，一定要做点什么帮帮老爸啊。

我在清晨之前醒来，老爸和小爹依然在散落的纸张堆中。厨房内传来锅碗瓢盆的声音，我的脚伸出棉被感觉有些冷。我将脚缩进被子里，为它们找了个暖和的角落。天知道老爸和小爹什么时候醒来的，还是他们根本整夜未眠。他们肩并着肩，压低声量以免吵醒我们。突然，老爸大喊："这就是了！你是对的，这就是了，把昨天的表拿过来！"小爹从一捆纸中间拉出一条长长的纸条，他们又开始低语。一直趴在纸上的老爸，把背往墙上一靠，放松下来。小爹也是仰头一望，他俩脸上都露出松一口气的表情。

"这就对了，我们搞定了。20 乘以 40。"小爹说。

"不知为何，64 写得像是 84，我昨天看过却忽略了，你把问题抓出来了！"老爸边说边对着小爹眉开眼笑。从没见过他俩如此——紧靠彼此坐着，聊天。他们松了一大口气的心情想必也传进了厨房，老妈也一同分享。这一刻我永远不会忘记：爸爸靠着墙，拍着小爹的大腿，抬起头来看着老妈说："是他找到的。"那一幕使我感受到彻底的安心，这辈子都没有过这种感受。"我再来煮茶。"老妈带着掩饰不住的兴奋冲进厨房。我坐起来，用手肘推推玛蒂，她的床垫与我的垂直摆放，通常她在早上很难叫醒，总得反复叫上好几次。那天，我一告诉她这消息，她马上从床上跳起。屋子里洋溢着过节的气息，像是光明节 ① 的早晨一般。

早餐是阿基米饼 ②，在我们家，这是很特别的餐点，平日很少做的。在我记忆中，老妈给我们吃特泥 ③ 从来没有这么大方。从她忙进忙出的模样、拍打炉上米饼的方式，

---

① 光明节（Diwali 或 Deepavali）是印度教最重要的节庆之一，约在每年的十月、十一月，庆典期间人们会整夜点灯或蜡烛。

② 阿基米饼（akki-rotti）是班加罗尔所处的卡纳塔克邦特有的食物，由米糊加入香料、洋葱、茴香、红萝卜丝煎制而成。

③ 吃特泥（chutney）是泥状的蘸酱，最常见的南印吃特泥酱是由豆子、椰子、辣椒、香菜、香料等打成泥状而成，另也有番茄吃特泥酱，或椰子吃特泥酱。在印度任何打成泥状佐食物吃的东西都可称为吃特泥。

还有在炉火前席地坐下的动作，都可以感受到兴高采烈的气息。好似我们团结一致，渡过了一场大灾难。我们四人在厨房地板上坐成一排，每人面前放着盘子，当老妈为我们一一制作热烘烘的米饼时，我们聊着天，一片米饼烤好，就撕成四块，每一个人迅速地趁热吃下。当早餐接近尾声时，我们的胃口都比平日大了许多。

老爸提醒我们，销售经理将于两日内来访。他开始模仿他说话。这个推销经理讲话有个习惯，会用"特别重要的事儿"来加强语句，但他的发音听起来却很像是"特不重要"。老爸耍白痴时，老妈常常会发火骂人说："够了，可以停了。"因此我们很少跟老爸一块儿起哄。但是那一天，老妈竟也加入了我们嘲笑推销经理的行列。玛蒂更是一发不可收拾，她将米饼塞进嘴巴试图忍住笑，却又爆笑出来，满嘴的米饼碎片通通吐出来，因为她已经完全阖不上嘴巴了。"先吃，吃完再笑！"老妈一面骂她，脸上堆满笑容。我也和玛蒂一样笑个不停。那日清晨的厨房弥漫着一种不同寻常的亲密感。

那次销售经理来访，真是为了件特别重要的事儿，然而不是好消息。公司已决定改组，经销系统将全面替换，现有的推销员将被迫接受"自愿退休方案"。销售经理亲自来跟爸爸宣布这个消息。在那个年代，换工作不是件那么容易的事情，失业就是灾难。那时小爹刚开始在一家私营公司上班，薪水很微薄，一时间家里要入不敷出了。

那一天，尽管知道销售经理下午才会出现，老爸一大早就起床，整装出门。出门前他说了至少四遍："会有市场探访，我会晚点回来。"又跟老妈重复了好几遍："这么多年我很清楚，他的来访只代表今年的营业目标提高了。"或许，他已对将要发生的事情起了疑心。

他异乎寻常地早归，那时我正在中间房写作业，大约五点半。他进门就唤老妈，这也不寻常。老妈和玛蒂都在厨房。他站着，背包依然挂在肩头上，手臂靠着门框，脱下鞋子。他进屋套上袜子，看着我，无精打采地将背包丢在椅子上，向厨房走去。那一刻，我听见老妈惊慌地大叫："我的老天爷！"我竖起双耳却听不清楚。玛蒂即刻现身，告诉我发生了什么事："老爸的工作没了。他将要在两个月内退休，销售经理是来向他宣布这个消息的。"

玛蒂和我察觉这是坏消息，到底意味着什么却超出我们的理解范围。我想象着，销售经理是否在宣布消息前强调这是件"特不重要的事儿"，但没敢把这想法说出口。老爸在厨房喝了杯茶，说句"我出去一下"，就走了。我回去写作业，却无法专心，玛蒂倒是很安静。过了一会儿，她怒气冲冲地说："这销售经理以为他是谁啊？"说完走进厨房。但很快又回来，向我做个手势。老妈坐在神桌前，双手合十。房里只点了盏煤油灯。我突然感到一阵奇异的恐惧。我看着玛蒂，她一根手指放在唇上，一手牵着我走出房间。

在老爸回来前我们一口饭也没吃。他一进门便说:"来吧,来吧,我们来吃饭吧。"他竭力装作一切如常,老妈一声不吭地端上饭菜。老爸不停地说话:"你们知道在市场里,他们会花多少钱在光明节的装饰上吗?"我们一脸茫然地望着他。

吃饭的时候老爸很少如此多话,见他喋喋不休,老妈显得相当沮丧。他注意到了,安慰她:"只不过是早一点退休罢了,两个月后还可以找别的工作啊,也会有遣散费……"他转向我,问我学校的情形,这问题他可从没关心过。他问:"期中考是什么时候?"我知道他只是想闲聊,但还是认真回答了,甚至主动提到运动会的事。毕竟,在小爹回来以前,我们需要有一些打发时间的话题。

敲门声响起,我们瞬间放弃了伪装。玛蒂冲去开门。小爹肯定已从诡谲的沉默中察觉出异样。老妈的双眼涌出泪水,老爸用尽可能简短的句子向他宣布这则消息。

过去几小时压抑住的焦虑不安仿佛一下子泄了洪,老妈崩溃了。她一面啜泣一面说:"本来还有八年时间的……"

"你不必这样。"老爸告诫她,她哭得更凶。最终他决定改变策略,"你看!他还没吃饭,难道你想一直坐在那儿嚎啕大哭?快去把饭菜热了给他。"让她忙活可以使她稍微冷静下来。

老妈点着了煤油炉，而不是瓦斯炉。她已经开始省钱了。"明天起，谁都不要叫我用瓦斯，"她说，"喝茶多等个十分钟，天不会塌下来。"老爸提醒她，这工作还有两个月，她回说："你们可以从现在开始习惯这种生活。"

玛蒂和我吃完晚饭，没有像平日那样离开厨房，我们肩并肩地坐在门阶上。老爸吃得很慢，中间停下来告诉小爹一些他之前没提的细节。

"不只和我有关，整个销售部门都会被外包，公司不会再雇推销员，所有的推销员都适用'自愿退休方案'。"

老爸描述着新的销售部门，小爹打断他，问："工会的人怎么说？"

"噢，他们没出声，早就被钞票封口了。现在没别的出路了，唯一能做的就是接受自愿退休，拿钱、滚蛋。再想办法，我总是能再找别的工作。"

"到处都在上演一样的故事，"小爹说，"现在每家公司都倾向跟大型配送公司合作。以你的工作经验，或许可以在这些地方找到工作，甚至……他们付的薪水更高。我一个同事的兄弟也遇到一样的状况，现在他赚的比以前还多。"气氛似乎缓和了下来。

小爹将一些酸奶倒进盘子里，用手指将它与剩下的菜渣和咖喱叶拌在一块儿，拿起盘子稀里呼噜地喝下肚。他一面缓慢地将依然粘在盘子上的饭粒捡起来吃，一面提出创业的想法。

"有些话我早就想说，"他说，"无论发生什么，结果可能都是好事，而现在正是做出决定的时机。"

小爹所说的东西相当不可思议，然而从他的口气听来，这个创业想法确实是他深思熟虑的结果。大家听得目瞪口呆，毕竟我们从来只懂得赚死薪水。要说做生意，这可是头一遭，黄金玛萨辣公司就在那天的厨房里诞生，成为改变全家命运的一刻。

"我现在的公司做的正是这一门生意，我已在那里观察了两年。有个从喀拉拉邦来的小伙子古鲁帕，愿意跟我合作，他说只要给他佣金，他会帮我。如果照计划一切顺利，我们会赚很多钱。我计划从喀拉拉批发大量的香料，重新包装再卖到城里去，我们一开始可以从喀拉拉买进，再看有什么其他地方可以谈到好价钱。这是一门只要运营得当就可以发财的生意，如果价格上涨时我们已经有了囤货，那就像是中了彩票……"

虽然小爹只对着爸爸说，却也是间接告诉大家。我们全神贯注地听着，或者也带着一丝恐惧。当他说完，他手上的饭汁已经全干了，老妈也忘了她的晚饭。

小爹大可自行开始他的生意，但他没有资本。"我们必须把自己的钱投资进去，单单向银行贷款是很困难的。"他一面说一面去洗手。老爸在小爹回来前的这半分钟内决定了，他说："我的退休金和遣散费加起来大约有十万，全给你拿去投资，这么一来银行也会贷款给你，你就用最快的速度创业吧！"这正是小爹所要的鼓励，他需要的只是点火的火星，却获得一整支火把。

我一直觉得，那天老爸之所以会一时冲动做出决定，很大的原因是我们都在厨房里。若留他一人苦思，天晓得他会做出什么样的决定。

小爹立即向老爸宣布："你将拥有公司百分之五十的股份。"他说到做到，今天老爸拥有一半黄金玛萨辣公司相当可观的资产。

四

　　老妈、玛蒂和我三人合在一起在家中地位排行第三。若小爹和老爸临终前没做出什么冲动的决定，财产将由我们三人平分。我们三人之中，老妈或许享有稍高一点的地位，毕竟她此生都以这栋屋子和这个家庭为中心。为了保护这个家，她什么都做得出来——就像她在旧家那场对抗蚂蚁的战争。

　　过去，我们五人住在班加罗尔中低阶级居住的拥挤区域。一堆小房子全挤在一起。从屋内将前门打开，走四步就到了大路上。结婚前老爸就在那儿住了。我们的旧家由四间小房间组成，一间接着一间像火车车厢。把门全部打开，可一眼看穿整栋屋子。第一个房间只够放一张木制长凳，小爹睡在这间。他有时候晚归，那时我们不闩大门，他可自行开门进屋，在第一间睡，就不需要跨过我们其他人了。长凳下方是进门前放鞋子的地方，我的板球拍和玛蒂的雨伞也都堆在那儿。

　　玛蒂与我睡在下一间，也在此写作业，以及吵架。这也是老爸每晚算账的地方，是我们居家生活的中心处，我

31

想，这中间房大概是接近人们所说的客厅之类的房间。下一个房间几乎没有光线，房间一角是神桌，也是堆放粮食与生活用品的仓库，我们所有睡觉用的床垫在平日堆放于此。爸爸和妈妈睡这间。这房间有些潮湿，湿气使它与其他的房间有不同的气息。神桌上的油灯熄灭时会飘起一股黑烟，为房间带来芳香的煤味。为此我会刻意迟点为油灯添油。

接着是厨房，比其他的房间稍长一些。厨房通向澡间，澡间的后门通向一个极小的院子和厕所。半夜要上厕所代表你得穿过整栋屋子。无论多么小心，开关门发出"叽嘎"的声响总是难免的。当声响已经大到足以吵醒全家人的时候，老妈就知道该为门轴上油了。

屋子的两侧有窗，然而右侧窗因朝向水沟而长年紧闭，另一侧的窗则是邻居的饭菜味入侵之处。邻居煮饭似乎使用了巨量的蒜头，味道实在令人难受，老妈特别感到恶心。然而为了获得光线，这些窗户至少要在白天开着。天一转暗，老妈就会立刻跨过整栋房子，将窗户全给关上。我们的家具非常少，屋子的大小只够容下在厨房的一个碗橱、放瓦斯炉的小桌，客厅的两张可收起来的绿色铁椅，以及前房的长凳。我们从不需要考虑床的问题，平时在地板上铺张席子，所有的工作都在地上完成。

老妈早晨的扫除声是我的闹钟。天一亮，她在家门和马路间的细长石头上洒水，用椰子壳做的刷子将它刷干净，

画上小小的染古丽 ① 图案。若天冷我起得晚些，唤醒我的将是弥漫屋中的早餐香。老妈会在我和玛蒂出门上学而老爸也去上班之后，开始洗碗、扫地、擦拭、洗衣服。当玛蒂长大一点，老妈则尝试招募她加入帮忙家事的行列。而玛蒂总有办法在老妈唤她以前事先感应，以这样或那样的借口消失不见：写功课、洗澡、考试、去同学家，如果没有什么其他理由，她就会急着上厕所。趁机开溜一直是玛蒂和老妈之间冲突的来源。

　　小爹从他微薄的薪水中节省了好几个月，总算为家里买了瓦斯炉以及放炉子的小桌子。瓦斯炉来的那一天，家中沸腾着兴奋与期待。送货的工人将瓦斯罐和炉子放在厨房正中央，组合起来，示范完点火就走了。我们虽早已决定好放置瓦斯炉的位置，却宁可多花些时间重组一遍，只为延长这令人难忘的一刻。老妈重复讲了至少十遍，她听说用瓦斯炉煮茶五分钟就够了，她也怀疑食物煮起来会不会一样好吃。她开玩笑说："千万不要因为时间短了，就一直一直叫我煮茶。"我们花很长的时间讨论要怎么样开关瓦斯罐最安全。老爸告诫老妈："你来看清楚，不然你什么也记不得。"她竟静静地听着，没有要吵架的意思。老妈已向左邻右舍打听过瓦斯的使用方法，她告诉我们哪一家瓦斯罐用多久，怎样可以延长使用的时间。"如果只是在急着做

_____

① 　染古丽（rangoli），传统的彩色花样图案。人们会以染料或带有颜色的细沙在家门前画上这样的图案。

33

菜的时候用，一罐瓦斯可以用到两个月，"她说，"即便用完了，把瓦斯罐整个倒过来，还能撑一阵。"瓦斯炉的"就职"仪式是煮一轮茶，我被差去买些吃莴达片 ① 来当零嘴。

没人记得是从哪一天起，家里开始遭受蚂蚁兵团的威胁。一开始我们看见这里或那里有些蚂蚁，然而很快它们就占领了全家。如果不知道它们的来处，我们拿它们根本没办法，但要知道来处也不可能，因为它们无所不在。和它们成天相处的老妈会说："它们不是蚂蚁，而是邪恶幽灵的化身。"

家中蚂蚁分成两种。一是行动迅速的黑色品种，它们偶尔才会出现，然而一旦出现就是成千上万。它们如普通纵队一般进入屋内，毫无头绪地四处乱窜，总是撞在一块儿、莫名地停下来或无端地向四面八方撤退。它们的生命似乎除了测试我们的耐心之外，没有其他目的。它们看起来并不像是来找食物，也不企图咬谁。若任由它们去，它们会聚集一些黏土粒，在屋子里四处筑起小蚂蚁窝。千万别用扫帚赶它们，它们会狂乱地涌上你的扫把和手臂，在你发现以前已爬满你的全身，甚至爬到衣服里头。你会有段时间被大肆进攻，却又会在某天起床时发现它们全走了。无从得知究竟它们是为何而来，又为何而去。有时，我会看见它们在毫无食物的前房窗台上排成一条长长的细线，

---

① 吃莴达片（chivda）是一种加入香料作为零嘴的谷物片。

或许有什么其他的任务，这狂妄自大的纵队只是恰巧经过我们家罢了。不过我倒是从未看过这纵队的尽头，从来没见过哪只蚂蚁的后头没跟着另一只。

另一品种的蚂蚁是棕色的，智商较高，移动起来不算特别快，但头脑清晰，有方向感。不曾见过它们漫无目的地乱窜，然而一有食物，它们铁定会发现，并在我们注意到之前，形成有纪律的纵队，专心致志地把食物分解成小块，往窗户的角落或是地板的隙缝搬移。这些蚂蚁真把老妈给逼疯了。她完全不能接受我们所有的食物都先被蚂蚁们尝过这样的想法。于是她开始在煮好的食物旁边建立"护城河"，将盛有食物的锅子放在注满水的大盘子中央。即便如此，依然有蚂蚁勇渡而半途阵亡。只要我们这头出现任何一点小失误——比如饭盒没有关紧，或是汤匙搁在哪儿没洗——将立即吸引蚂蚁们的注意力。

若有一粒米掉落在盘外，你会看见蚂蚁们在你吃饱起身前，已从容地安排好了搬运。若我们之间的谁将甜点拿到中间房，蚂蚁们将会把我们无意掉落的碎屑带走。它们会聚集在茶杯留在地上的茶痕周围。这么说吧，拿来磨制吃特泥酱的研钵如果没洗干净会如何？没错，蚂蚁；刮完椰子粉的椰子壳若放在地上一分钟？是的，蚂蚁，它们将清除所有的粉粒；烤多萨圆饼的平底锅边烧焦的那些薄碎片？一秒不差，蚂蚁。

老妈强迫症似的不停洗锅盘，煮完饭立刻将它们刷得干干净净。玛蒂与我也训练有素，用完的杯子、盘子即刻冲洗。回顾起来，很有可能我们这些好习惯都与爱干净毫无关联，纯粹是老妈向蚂蚁宣战的一环。

然而，这是场失败的战役。将它们赶尽杀绝的防线只要有一丝松懈，都会被趁虚而入。每当我们以为自己占了上风，很快就会发现它们出现在出乎意料的地方，有一次我打开指南针，发现里面竟爬满了蚂蚁。

老妈决定使用化学战——施撒粉末与毒药。她用面粉和杀虫剂揉成面团，塞在那些可能是蚂蚁洞的隙缝中。无论这招能否消灭蚂蚁，至少让老妈不至于感觉无能为力。我们其他人也进入全面战斗的状态，伸手捏死一只走散的蚂蚁已经完全是条件反射了。

听了别人的建议，老妈开始用印度楝树叶来烟熏房子。用的是一个老旧的锡罐。大约一周一次，她将燃烧的煤炭放入装有沙子的罐中，丢进一把楝树叶，燃起浓烟。老妈握着莎丽的一角遮住口鼻，提着冒烟的锡罐在家中走来走去，让烟飘进每个角落与衣柜后方。有一次，我半夜起床上厕所，看见老妈在厨房，盘坐在她的短腿上，面对墙，拿手电筒照着墙上的一排蚂蚁。你看看，蚂蚁不像老鼠或猫，它们不会在半夜打翻东西把人吵醒，可就在那一刻，我可以想象在老妈的心中，蚂蚁制造出的是多么大的噪音。某一时期，她甚至去找政府官员，安排人在街坊喷药杀虫。很难说有没有用。蚂蚁始终在那里。

对于我们的敌人，我们毫不心软，采取更加极端与暴力的行动。我们用手指、脚、书本将它们压扁；发现一块甜点被围攻时，用水将它们团团圈住，拿走它们正在品尝的甜点，看着它们在被湿布抹杀前一片迷惘地乱窜。当它们一整群被燃烧的煤炭辗过，萎缩成黑点时，我感到畅快无比，而那些攻击未洗的锅子和杯子的蚂蚁，都会被迅速无情地淹死。我猜，一开始，我们只有在没有旁人的时候这么做，不久，大家都开始对蚂蚁公开施暴，将它们当做意图吃掉房子的妖魔鬼怪，我们成了一个以摧毁蚂蚁为乐的家庭。如今我们已经搬家换了房子，但那些习惯是永远改不掉的。

第一次见到整间旧房子透满光线，是在搬家的那天，那是我永远忘不了的一天。

当时，两侧的窗户全部打开，光线倾泻而入。小爹准备了麻布与硬纸箱，我们没有多少家当，约一小时就打包完了。东西全塞进一台小货车，老爸坐在司机的旁边，跟车离开。此时我们的房子看起来空荡荡的，令人震惊，到处是灰尘与碎屑。东西搬空后，屋子看来更小、更死气沉沉。原本覆盖有东西的地面上，边边角角堆满了脏污；碗橱后头的墙壁结满了蚂蚁窝。老爸反对把旧柜子搬到新家，老妈却相当坚持。第一次，我穿着鞋子进入家中，中间房墙上的裂缝显得相当大，我也从不知道原来墙壁有这么脏，四处是散落的纸张，窗户上方也布满了灰尘。原本挂着月历的地方，现在留下一块浅色的方形。我也注意到我们座椅靠墙处压出的一些凹痕、没有用途的钉子、浸了油的纸，还能闻到厨房的味道。这些窘境就是"家"所留下的标记。我总觉得有些东西永远离我们而去了，虽然说不清是什么。老妈应该也有相似的感觉，离开前莫名地把房子打扫了一遍。

跟邻居道别的那一刻是既骄傲又忧心的。我们发财的事，街坊都知晓。尽管如此，我们买了一整栋新房子，而且是在高档地区这样的事情，还是足以激起讶异与嫉妒。老妈因此没有多想。我猜，我们对自己突然发达也感到不可思议——难道人有可能一夜致富，而不会以同样的方式变得一无所有吗？老妈与我挨家挨户地拜访、道别，每个人都说："别忘了我们，要常回来啊。"以我那时的年纪，这句话听起来可荒谬了，我们可是一块儿长大的啊，哪有可能忘记大家呢？现在，我明白他们的意思了。

我们到达新家时，车已卸完货离开了。麻袋与纸箱堆在大厅的中央。与我们的旧房子相比，这栋房子简直是巨大无比。两层楼，一人一间房，还闻得到油漆味。我们的长凳和那两张椅子看来完全微不足道。从旧家运来的东西显得特别破旧，在新房子里头几乎要认不出来了。很快，小爹买来新的餐桌配六张椅子。买下房子前我们来看过两次，但真的搬进来了，房子看起来似乎又有些不同。

厨房的两侧都有料理台，所以现在做菜要站着，没有机会坐在厨房的地板上了。显然，老妈坚持从旧家搬来的橱柜和这里格格不入，被弃置在后院。放瓦斯炉的小桌子也毫无用处，进了储藏室。小爹过往睡觉用的长凳放在一楼的阳台，椅子一张在玛蒂房间，一张归我。旧家具在新的家中散落开。这时，小爹从外头买了晚餐回来，我们坐在饭桌边吃。

　　"感觉像是个旅馆。"老爸幽默一下，却没有人笑。

　　"大家会习惯的。"小爹说。

　　小爹宣布他已经准备好一笔买家具的钱，交代老妈与玛蒂："我有个朋友开家具行，明天我带你们过去，钱的事情不用担心，挑喜欢的就好，钱我之后会付。"我可从没见过玛蒂被分派任务时这么兴奋。

五

　　玛蒂一向是等着被点燃的火药，本来就不太安稳，发财这事恰好就是她所需要的火星。搬进新家时她正在念大学。在那之前，为了生活，我们煞费苦心地节省。哪有什么选择？用钱时必须询问过每一个人，告知确切的金额。在我们心目中，家人完全是相互依赖的：这个人多花了钱，其余人就少花了。如今，一夕之间全变了。财富使我们买东西无须相互告知、无须争取同意，连想都不必多想。老爸管不住我们了。坦白说，我们失控了。

　　新家需要新东西，这让我们大买特买。最初几周，我们像是一辈子没买过东西一样地狂买，老妈与玛蒂贯彻小爹的嘱咐，几乎将他朋友的店抢购一空。新家瞬间塞满了不相匹配的昂贵家具与不合时宜的装饰品。一台电视机送来了，床和梳妆台也进了房间。回想起来，许多新买的东西与我们的日常生活毫无关联，我们与物品的关系变得相当随便，也开始随意对待它们。

　　玛蒂就体现出家中这股混乱。她本来就易怒，不太替他人着想，这些特点在新的生活中"发扬光大"。她的不安

41

表现在谈话时的尖锐口吻，以及违反既成家规的种种举止。她是家中第一个随意外食的人，也开始挑剔家中的食物，与老妈的争执由此而起。

在此之前，上餐馆吃饭是罕有的享受。大约每隔两周的礼拜天下午，我们才会出门吃小点心。礼拜天下午老爸有午睡的习惯，小孩们老是着急地等着他起床，玛蒂等不及要吃她的玛萨辣多萨圆饼。预算是有限的——只够一人一份玛萨辣多萨圆饼，以及老爸与老妈平分一杯南印咖啡①。若有人想多吃一份点心，老爸就不喝咖啡了。只消看一眼我和玛蒂连吃特泥酱都舔得精光的盘子，就知道这食物对我们意味着什么。

和玛蒂吵架很令人吃不消，你说一句，她回十句。有一次老妈有点犹豫地问玛蒂是不是在外面吃过了，玛蒂立即拉高嗓门："没错，我在外头吃了，吃得可撑了呢，还喝了咖啡呢，怎么样了吗？"若有人问她去了哪里，她则反击："我问你去哪里吗？干吗每个人就只会问我？你是不信任我什么？"家中没人能和她打口水仗，应该说，是在阿妮塔来到我们家以前没人。

人们说得对：是钱控制人，不是人控制钱。钱少时，钱很温驯，然而当它长大，就变得傲慢，对我们为所欲为。财富已将我们卷入一场风暴。我们在筹备玛蒂的婚礼时就

① 南印咖啡是过滤咖啡，指的是以南印所产的过滤壶所滤出的浓咖啡，加入烧滚的鲜奶与糖后饮用。

挥霍无度，没人要求我们，是我们自己停不下来。老妈和玛蒂是那长达一个月的挥霍主角，但我认为她们甚至不知道自己真正想要什么。她们一早起床就出门逛街血拼，回到家后唯一的话题就是莎丽和珠宝。最昂贵的婚宴会场订下来，预定的菜肴数量也把酒席承办人吓得目瞪口呆。承办人来家里讨论菜单时，提出了几个不同甜点的选项：奇洛提、核利子、佳乐比、芬泥①，她们决定全部都上。承办人的工作只是朗诵菜名，让大家接着说："好，加上去。"婚礼当天，我们在庆典结束宾客离去后，一家人才有时间坐下来吃最后一轮。老妈一身的金饰，笑容可掬地接受大家对食物的赞美；这对新人用手拿起食物喂对方吃的时候，人们拼命按快门；老爸坐在最后一排，怔怔地看着眼前堆在香蕉叶上的食物。

　　或许不该将玛蒂婚姻的不幸归因于我们的财富以及铺张的婚礼。然而，我忍不住想：假如老爸还只是个推销员，玛蒂恐怕不会这么轻易地放弃她的婚姻。婚姻必然伴随着妥协，或许，应有尽有的生活降低了她在婚姻中妥协的能力。她的先生匹克朗人并不坏，继承了家业，经营一间大的莎丽服饰店，从早忙到晚，只有周日休息，而玛蒂希望他多陪她。他们开始起口角的那段时间，玛蒂会怒气冲冲地跑回家。"他才不在乎呢，"她说，"做到死也是为了他那

———————

① 印度甜点名称。

43

家店。"或许在玛蒂的心中，理想生活是容不下努力干活的。匹克朗也很无奈，除了这间店他没有别的收入。玛蒂住在娘家的日子越来越长，不到两年，她已宣布要离开他。老爸、老妈和我陪她回到匹克朗的家，寻求和解的可能。

一个周日的下午四点，那日乌云密布，玛蒂离开婆家有三个月之久了。他们在大厅接待我们，匹克朗和他的父亲与我们聊着一些无关紧要的话题。玛蒂和她的婆婆在厨房。大厅里的四个男人努力切入重点。事实证明这毫无必要，厨房传来一阵东西砸碎的声音，玛蒂冲进大厅，患有关节炎的婆婆跛着脚跟在后头，非常激动。"你们瞧瞧她干了什么好事！"婆婆愤怒而气喘吁吁地说着，"她把整套茶具打碎了，这么好的一套茶具。"

"你说说自己到底说了什么好话！"玛蒂用大家熟悉的轻率口吻说。

"我说错什么了？"她婆婆问道，"我不过是问她为什么要打开一套新的茶具，如此而已。"

"为什么不能开新的茶具给我的家人用呢？凭什么给他们用那些旧的破茶杯？"

"这些可不是又旧又破的茶杯，是我们每天用的，个个都是好的。我只是问她有什么必要拆一套新的，如此而已……"

"所以我就把它们全砸了，反正没有必要用了。"

她婆婆再也忍不住了。"这些是你爸妈教的？"她问道，

44

当着老爸老妈的面。

"是的，他们就是这样教我的，既然他们都在，你可以自己问，去啊，去问啊！"

一切都已失控，匹克朗的父亲跟老爸老妈说："瞧，现在你们亲眼见到了，无论我们说什么都会变成这样的局面，这要怎么相处呢？"玛蒂的婆婆泪流满面。

匹克朗也按捺不住，他说："妈妈，你哭什么？每个人都目睹了她的言行，如果她不喜欢这里，就跟她爸妈回娘家去。"他的口气并不尖酸，但可以从他的话中听出男人的威严。

他的爸爸提高声音，指着他的妻子说道："我和她结婚这么多年，从没让她哭过。一直到这个女孩来了以后，我才看到她流泪。"

玛蒂当然不甘示弱："对对对，全是我的错，你们全都最高尚。"

她婆婆擦干眼泪，说："文雅的气质是花钱买不到的，要靠代代相传培养。难怪人们说暴发户会撑着雨伞遮月光……"

老妈被这段话刺伤了。"没错，我们以前是穷，但这不表示我们被钱弄昏了头。"

这一切显然已经完全没救了。我们起身要走，他们也没有留人的意思，甚至没有走到门口道别。玛蒂还是一肚子火，先走了出去。我估计多半是玛蒂的错，却也没打算在她情绪如此糟糕的时候跟她多说什么。老爸在下午的整场闹剧中一语未发。

接下来的周日下午，我去看了场电影。回到家时，包括小爹在内的所有人都在大厅坐着，他们围在一块儿的样子使我有一种不祥的预感。

老爸和老妈坐在沙发上，玛蒂摊手摊脚地坐在椅子上，小爹坐在她的前方。玛蒂带着胜利的姿态在一排珠宝明细上打钩做记号。我记得之前他们讨论过将珠宝从她婆家拿回来的事情。这事儿似乎在我外出时搞定了，我一进门，小爹热烈欢迎我，说："快来快来，就差你一个了。"

为了我，玛蒂从头讲起："我下午一点到达，他们中午到两点之间都在家里。小爹的朋友在附近的公园待命，他们的大哥叫罗威，他告诉我：'我的姐妹，到那里以后只要给我来个电话，我不接，我们马上就到。'

"抵达后我按了门铃，我婆婆出来开门，却不让我进去。我告诉她：'如果你不让我进去，我就尖叫，邻居全部都会知道你对我干了什么好事。'她说：'叫啊，我反正受够你的荒唐了。'我迅速拿起手机给罗威拨了一通电话，他和兄弟共六名壮汉即刻出现。我婆婆吓死了，问道：'这些人是谁？'我说：'我叔叔的朋友。'她说：'你这是恐吓我们吗？'这时罗威把她推向一旁，闯进门里。匹克朗和他爸走出来，匹克朗看着我斥声说：'这是在干吗？这些人是谁？我要去叫警察。'接着，你们知道怎么着？罗威上前结结实实赏了他一巴掌。你们真该在现场！匹克朗吓破了胆，拼命求饶：'拜托，先生，请停手，拜托。'我快笑出来了，他还叫罗威'先生'呢。我告诉匹克朗：'看这边，我只是来拿回我的首饰，我只要本来就属于我的东西，你爸妈给我的那些你留着好了。'他什么话也没说。'什么？你听见她说话吗？'罗威一面问一面把一把长长的刀放在桌上，一个弟兄把前门关上，上锁。

"我走进卧房，衣柜的钥匙还在我记得的地方，我的金饰在婚礼之后都一直在那个盒子里，我拿起盒子，把他们给我的项链和手镯丢在我婆婆的脚边，你们真该看看他们的表情，我公公坐在椅子上一言不发。罗威和匹克朗低声说话。每次听见匹克朗称呼他'先生'，我都得忍住笑。我在匹克朗面前将盒子打开，说：'你可以检查，我只拿走我的。'他一眼没瞧，一句没说。我就走了。你回来以前罗威打来电话，他在那儿坐了一会儿，还让我婆婆为他们煮了杯奶茶。他警告他们这事儿最好就到此为止。"

小爹坐在椅子上，看来对玛蒂报告的事情相当满意，老妈对罗威的来电有些意见："他们喝茶这种事有那么重要，需要打电话报告？"

老爸对那天的事件似乎不甚开心，他跟玛蒂说："这表示跟他们的关系断绝了，你实在不该去把他们吓成这样。"

小爹打断了他："别担心，他们都是我的朋友。一个家如果遇到这种情形，家里人难道不该拿回属于自己的贵重物品吗？他们就跟自家人一样，再说了，这也是他们的工作，他们自称是追偿中介。我们的时代就是这样……没有什么事情是直接来的，如果没有他们帮忙追讨黄金玛萨辣的欠款，我可要从街头到巷尾，挨家挨户地敲门了。"

老爸起身离开。我猜老妈也不赞成这种粗鲁做法，但她永远也不会明说。"今天的报纸在哪里？"小爹问道，表示他已经说得差不多了。玛蒂回到她的房间，我也跟了上去。当我经过她紧闭房门的房间，我想我听见了里头的啜泣声。或许事情做过头了，她也是被迫走上不想走的路。我想进门去安慰她，却不知道自己能说什么。万一让我看见她哭，她觉得丢脸呢？于是，我走进我的房间。

老妈一度希望挽回玛蒂的婚姻，我怀疑玛蒂对匹克朗也不是毫无感情，说不定她还爱着他。然而，她在家里住了下来，也没有和解的企图。他也没有。我们没人有勇气去问她去了哪里，最近如何。她偶尔心不在焉地帮妈妈做点家事。这么做只是为了确认她在家中的地位，而在阿妮塔加入后，这个意图更加明显。大多数的时间她都在发短信，有时我会听见她半夜讲电话，好奇对方可能是谁。那个罗威？或者，她有可能对匹克朗的态度已经缓和，在双方家长不知情的状况下和他碰面？玛蒂永远借助一位名叫玛帝丽的朋友，跟她去看电影、在她家过夜、结伴去迈索

48

尔和马德拉斯旅游。我猜她只是以玛帝丽当借口，背地里在和谁谈恋爱。即便这是真的，我又能怎样？

玛蒂的忧虑不安影响着我们所有人。她的心直口快、粗鲁无礼与咄咄逼人都是真的，但我们也与她和平共处了许多年。这些怎么就这样全都消失不见了？过去在旧家的时候，她和我同睡中间房，我们的床垫排成了T字形。有时候我们聊天聊到半夜，她会和我说些秘密，一些大学里发生的事情，例如她同学万丹娜的继母给她吃剩菜剩饭，万丹娜还爱上一个叫考利·罗迈许的男生，玛蒂还为他俩传过情书。在新房子里，我们将自己锁在各自的小房间里，再也没有机会交换小秘密了。独自躺在床上时，我偶尔会想，如果没有黄金玛萨辣公司，玛蒂会不会过得更幸福。

对结了婚的女人来说，离开夫家、住在娘家不是一件容易的事情。麻烦的不是自家的人，我们无论如何都是支持她的，麻烦来自其他人：那些来访的客人、在婚礼场合遇到的朋友、总想看我们出洋相的"好心人"、纯粹好管闲事之人。我们变得有点偏执多疑，老觉得那些与她交谈的人都心怀恶意。关于她的可怕故事在她从匹克朗家拿回金子的那天起，四处散播着，在那些故事里，她被当成普兰·黛维 ① 的化身：亲自率领暴徒，指示他们恣意破坏，还拿一把刀架在先生脖子上。我知道她本来可以不用忍受

---

① 普兰·黛维（Poolan Devi, 1963—2001）是印度著名女土匪首领，号称"土匪女王"，后被政府逮捕，出狱后从政，被暗杀。

这些流言蜚语，她想要的只是正常幸福的婚姻生活，但事情似乎哪里走岔了。我不确定。或许，也不该把所有的错归在黄金玛萨辣上。我真不确定。

六

此刻，我难道有办法只谈自己，而不提其他人吗？无论从哪儿起头，话题都很快会聚焦到这三位女子身上——老妈、玛蒂、阿妮塔——一个比一个吓人。有时我会想，是否她们把每一分钟都花在磨利自己的舌头、默默累积怨念以便未来使用上。也因此，当大家都恰好在兴头上，就会掀起一场我想到就要发抖的风暴。

爆发点可以就在早上我冲完澡，随性地一问"妈，早餐吃什么"的时候。

老妈回答："我已经做好了你爱的毛豆麦谷糊①。"

这句话乍听无害，外人因此很难感受其中的爆炸力。作为这个家中的成员，我很清楚后果能多么不堪设想。我赶着要在一切爆发前冲出家门。我跳进衣服里，抓起背包，就在此时，阿妮塔会用别人也恰好听得见的声量说："衷心期盼我们的王子在其他人挨饿时依然安心享用早餐。"原因是：她非常受不了毛豆，严重到只要闻到那豆味就会立

---

① 毛豆麦谷糊（avarekaalu upma）是由毛豆与麦粉混成糊状煮成的麦谷糊。

51

刻呕吐。没错，我爱这味儿，但我并不"需要"吃它。然而，自从老妈知道阿妮塔受不了毛豆之后，买菜时可说是逢见必买。她可以这么干是因为厨房由她管。尽管家中有个媳妇，还有一位抛弃老公进驻娘家的女儿，老妈依然紧抓着厨房不放。但这也不是她的错——厨房就是她所懂得的全部。无论如何，阿妮塔并不爱煮饭，她不是不会，而是不愿意。而且家里还有个玛蒂，关于玛蒂，阿妮塔时常说："如果她不是这副德性，家里的状况会好上太多。"即使是私下，我也没这个胆子同意她，但在我心里，她说的是对的。

虽然阿妮塔说的那些王子什么的嘲讽是关于我的，矛头却直指老妈。每次她对我说话不敬，或是对我的懒惰、散漫冷嘲热讽，或是提起我的真正收入是零这个事实，老妈都会大发雷霆。阿妮塔也反复控诉，婚前从来没有人提过我收入的真相。

她们三人的自言自语只是序曲，像是各自对空气开上一枪，以挑衅对方加入战局，目的是刺探敌人是否有开打的准备和意愿。若对方有这方面的热忱，你会听见响应，这种回应听起来也像是漫无所指的自言自语。

老妈说："哇，这个房子可是挤满了厨子，足以为每个人献上特制的餐点。"阿妮塔哪可能耐得住性子？她把大姑子给扯了进来。"这个家变成避难所啦。什么事情都被允许的时候，情况就会这样。人们都应该住在自己的家里……"

这当然指的是从老公家出走的玛蒂。玛蒂等着看老妈是否出马为她辩护。但玛蒂绝对也是势均力敌。"哪里只是避难所啊，快变成妓院了。如果家里的男人们管得不严，女人都会站在窗边抛媚眼。"

这一回的标靶是我和阿妮塔。有谣言传阿妮塔和街坊中一名男子过从甚密。据闻在家乡，他们曾是青梅竹马，在此地偶遇。当然，我非常确定他俩之间没有什么。而结果竟是玛蒂和阿妮塔两人都完全受不了作为老公的我连一丝疑心都没有。先不管这个，当冲突发展到这个地步，阿妮塔就有本事将老爸也扯进来："好吧，说笑也是需要智商的。无脑的胡言乱语不足以把每个人逗笑，不过，这种事情可能跟遗传有关……"

这段话听来温和，但羞辱人的利刃一般不只刺在表面。不，它会在人的内部撕裂伤口，使人在回忆中隐隐作痛。阿妮塔的评论其实是对老爸的一种无情讥讽。老爸总强迫自己搞笑，这个行为早已成为大家的笑柄。没有人觉得他的笑话好笑，更惨的是，他自己讲笑话自己笑。这笑声日渐无力而紧张，这样一来显得更悲惨了。这或许与他近日因疲倦沮丧而开始吃抗忧郁药有些关联。阿妮塔关于说笑的说法看似无伤大雅，却夹带着使人感到痛楚的联想。我们其他人慌张起来，努力确保老爸不会听见。看到我们如此恐慌，阿妮塔知道她胜利了。她难道不知道我们的未来全仰赖老爸还没起草的遗嘱？但我们又能拿阿妮塔这种自杀式的行为有什么办法？

　　总之，吹响了这场战争号角的麦谷糊，我可一口也没吃着。我火速出门，直奔正准备开门的咖啡屋。到了店里，我坐了下来，点了炸小排和咖啡，和文森特闲话家常。我问："有什么新鲜事？"他说："先生，家家都有那些多萨圆饼上的洞。"好一句常用谚语，我难道会相信这是他对早上家中发生的一切一无所知下的无心之言？总之，我在那儿啜着咖啡，念念不忘在我出门之后家中可能发生什么。

　　我只能推想白天家中的日常。我在早晨前往咖啡屋，度过一天，直到天黑才回家。像那些上班族一样，整天出门在外，以自我奉献的精神打发时间。我并非一直如此，这样的生活起始于完成学位、在黄金玛萨辣公司获得职位之后。我甚至获得了一间专属的办公室。当我还在念大学时，小爹告诉我："你毕业以后就加入我们，帮我们发展事业，别为随随便便的人工作。"结果我没有为随随便便的人工作，却也没有在黄金玛萨辣公司上班，我其实什么都没干。

　　回首往日我总感到疑惑，究竟是怎么落入这样的生活的？有段时间，每天总有人提醒我用功读书、找份好工作。这份压力在黄金玛萨辣公司开始蒸蒸日上后减轻了，家人再也不将我当成要养家糊口的人。他们甚至形成一种默契，认为我最终会帮小爹做生意。当那天来临时，我开始到仓库去，从上班的第一天起我就明白那儿不需要我。他们会交给我一些琐碎的工作，但一切重要的决定都必定经过小爹批准。很快，我就感到极度无聊。有时我会一时兴起想做些改变，但对这门生意认识不足，最终总是自讨苦吃。好好工作的热忱在六个月内消耗殆尽，不知不觉地，我将自己从那儿释放了出来。

　　然而，保护我的自尊心是全家的责任。有一天我会结婚，我不该被老婆看到毫无尊严地伸手要钱。因此，一直到今天，每月都有钱自动汇入我的户头。如果不用工作也会有钱，谁会工作？当然，小爹例外，他是个只知道工作的人。

　　以下是我的例行公事：洗完澡，若天下太平，吃早餐，整装出门，在固定的时间抵达咖啡屋；从那儿前往仓库，坐进办公室，读三份报纸，从头到尾读一遍；午餐；在办公室沙发上睡个午觉；喝茶；天色逐渐转暗时，起身再度前往咖啡屋，从那儿散步回家。在仓库那边，除了那些我进办公室前就负责打扫房间的人，没有人会有进我办公室的理由。我也从不出来。经常，我会在小爹指示的文件上签名，这就是我所有的工作内容。我的名片只需要每年重印。他们说，我是这家公司的总经理。

　　家人们开始为我张罗婚事时我并没有反抗，毕竟我恋爱方面的努力也没什么结果。我只跟琪特拉有过长时间的交谈，也已无疾而终。玛蒂失败的婚姻使老妈在轮到我时格外谨慎小心。"别去招惹那些有钱人。"她说。也因此，当有人介绍海得拉巴一位大学教师的女儿时，老妈有些心动。说媒的是一个叫做圣帕特的家庭友人。

某个星期四的上午十点左右，我正要出门，圣帕特大驾光临。"等等，等等，"他说，"我是来找你的。"他先和老妈谈谈他们共同的朋友，报告他去斯瓦米寺的见闻，聊聊寺院里的八卦，吃一些多萨圆饼，一步步地让自己放松，终于开始讲重点："你们看，这个女孩跟金子一样美好，念完大学，爸爸受人尊敬，在大学里很有名气，本来我是想给我嫂嫂的兄弟做媒，但他一直没有从美国回来，据说他在美国可能已经结婚了，但谁知道……总之，如果你们都同意，我可以去跟女孩的爸爸说。当然我没办法保证他们会答应，时代不同了，现在不比以前……"

我看着她的照片，比我见过的女孩都要美丽。我当场决定要赶在他人出手之前娶到她。从此之后，一切进展神速。

当我们发展到"看女孩"的阶段，我用从琪特拉那儿学来的女性主义纠正圣帕特说："你应该说，男方和女方彼此见面。"

他说："对，对！当然！这就是我的意思。现在这个时代，单单只有男方的同意，婚事哪里会成？我必须说，你们两个很登对，对方的爸爸也很有这种思想。"

几天之后的星期日，我们包了辆车跟圣帕特一道去了海得拉巴。我们在下榻的旅馆见了阿妮塔和她的父母，很快谈成了。我带着阿妮塔到一间餐厅喝咖啡，那是我们单独相处的唯一时光。婚礼的日子在我们离开海得拉巴前已经定了，一切，像是场梦。

回程路上，圣帕特说了很多关于阿妮塔父亲的理想主义，大概是为了安抚老妈，她对阿妮塔爸爸说的一些话有些不满——正当阿妮塔和我去喝咖啡时，老妈很大方地提到我们并不期待嫁妆，看起来阿妮塔的父亲的回答是："我绝不会把女儿嫁给会跟我要嫁妆的人家。"沉醉在自己的慷慨里的老妈似乎对此感到不悦。

喝完咖啡回旅馆的时候，阿妮塔说她会来趟班加罗尔，我们很快就会再见面。然而，不久她因父亲心脏病发作而无法抽身，再次见面时已是婚礼了。不过，在那之前我常打电话给她。

电话上我让自己听起来像是调情，问她："你什么时候来找我啊？"

我想听她说"现在"，得到的却是平平淡淡的回答："婚礼前一天。"

我不依不饶，说："现在就来吧。"

她却回答："别蠢了。"浇我一大桶冷水。我有时不得不怀疑，她是不是真的想结婚。

对我来说，举行婚礼那天是天大的日子——第一次有女人进入我的生活。在那之前，我可是连女人的手都没碰过。就在那一天，我发现传统形式的婚礼是多么令人欣喜若狂。那些婚前就已经在一起而结婚只是个形式的人，是不可能理解我的心情的。他们大概会嘲笑我，说我是吃不到葡萄就说葡萄酸。也或许，他们是对的——事情并非真的那么美好，一切只是因为我自己这么希望。但，婚礼上的诸多细节，依然能证明我是对的。

当婚礼的日子一天天接近，我总是情不自禁地去看她的照片，看着看着，我会打电话给她。我有两张她的相片，都是圣帕特第一次说媒时带回来的。在一张相片里，她身着粉红色莎丽站着，头发微鬈，浓密的眉毛，宽宽的肩膀，面对镜头时的她似乎有些不悦，然而大大的双眼里却散发着催人入眠的魔力，使我难以将眼光移开。另一张是侧面照，她身着莎瓦套装 ①，一手撑着窗沿。她的脸庞因着窗外透进来的光线闪耀着。这张照片真让我疯狂，她那微微上翘的鼻子，丰满的胸脯在围巾的遮掩下依然清晰可辨。我想琪特拉说的没错，男人是看不见女人身体以外的东西的。

婚礼当天，阿妮塔居然将自己打扮得比我所能想象的还要美丽。她泰然自若，辫子长及腰际，双唇上了口红。一逮到机会，我即从侧面瞄向她蓝黑色莎丽下方的胸衣。婚礼进行中有些时刻彼此能说上几句，在那时，就算是说"怎么这么多烟""捉弄你的那个人是谁？同学？"之类的空

---

① 莎瓦套装（salwar-kameez）是印度传统服饰，由长衫上衣、蓬蓬裤或紧身裤与一条长围巾所组成。

洞话都使人心神荡漾。典礼中，我会牵着她的手，或用食指触碰她的手臂，这些短暂的接触引起无比的颤动。为她系上项链的一刻到来时，我靠近她，一股馨香直冲脑门，花的香气与这么靠近的她快让我招架不住了，有一瞬间我几乎感觉自己再也站不稳了。她低垂着头站立着，姜黄粉点在她柔软的脸颊上，我的手指滑过她的后颈，将链子扣上。

午餐时，我们相互喂甜点，我的指尖在那一刻触碰到了她的下唇。触碰的惊喜许久不消散。当她将一片佳乐比送进我嘴里时，我把持不住自己，抓起她的手，假装要吃掉她的手指。旁边的女孩们惊呼："哇，太甜蜜了。"而我对自己的滑稽感到羞赧。婚礼摄影为了捕捉那一瞬间，要求我再喂一次。午餐进行到一半时，一群阿妮塔的亲戚朋友到我们面前，一个个自我介绍。接下来的一整个下午，我们接待由双方长辈组成的大军，将他们一一请到上座，拜倒在他们的足前接受祝福。晚上回家时已精疲力竭，所幸，恼人的亲戚没有跟着回来。我们总算安静地好好吃了顿晚餐，回到楼上的房间休息。

为了那夜，我专门挑选了纯白色的棉长衫，在回房的路上我的心思绕着即将要发生的事情打转。此刻的我甚至无法看她的脸。我故作轻松地将门阖上，但插上门闩时还是放慢了动作，以免家里人听见动静。我一转身，见她倚着床站着。电灯开关就在门边，我顺手关上。此时，房里只有外头的街灯透进来的微弱光线。我走向她，更近一步，闻到她的香味，有些不知所措，顿了一下。接着，我举起右手放上她的肩头。只有一件事情能鼓动我去触碰她：我们已经结婚了。我的手往下滑向她的手臂，在她手肘的地方停下来。我的左手伸向她的腰际，将她拉向我。她迎合着，我们拥抱起来。她的触摸，她的味道，她身上花朵的馨香，她压着我的胸脯，她贴在我颈上的嘴唇。

那一刻给我的冲击是无与伦比的。一位我不认识的女子决定用她的身体与她的心接纳我。或许正是这一刻构成传统婚姻的基石：顷刻之间，一位完全的陌生人已属于我。而我，也已属于她。我要给她我的所有。我要她对我行使她所有的权力，证明她接受我的爱。那澎湃而至的全部感受难以形容，人只能通过语言沟通自己已知的，面对前所未有的感受，却像被呛住了似的开不了口。

她内心必定也充满着相似的感受，她的脸颊埋进我的胸膛，手臂紧紧地环着我。我感觉得到陷进我后背的一串手环。透过触摸、透过这样的给予，我们的拥抱更加热烈，我开始认识这位素不相识的女子。我曾经常渴望足以比拟的体验，但这似乎完全不可能。陌生、臣服、依赖、热情、权力的感知与百十种不同的情感全然交织在一起，这样的心情是不可能复制的。

我紧紧地抱着她，然后将她放开。抬起她的脸，透过她的唇，第一次品尝她的世界的滋味。

婚礼后三天，我们到乌塔卡蒙德①度蜜月。对像我们这种钱多到可以去世界任何地方的人来说，乌塔卡蒙德是老套了点。但阿妮塔说要她去哪儿都行，至于我，乌塔卡蒙德是青春期开始情色遐想最主要的场景。我心想，我们不妨就走吧。

　　我们预计早上抵达，巴士半途抛锚，到旅馆入住已是午时，这间旅馆叫做"绿色溪谷"。当我们把房门关上，就正式进入我们结婚以来第一次远离家人、完全属于我们自己的时刻。我不知该做什么才好，但心中又明白此刻的独处如此重要，一刻也不能浪费，我开始胡乱地抚摸阿妮塔，她害羞地躲躲藏藏，最终我们像小孩子一样在房里笑闹追逐。

　　梳洗、吃完午饭后，我们随一辆厢型车前往参观山上的"景点"。傍晚时分，空气冷冽，我们开始呼出白雾。散步时，阿妮塔有时会将我的手握进她的手中，我则轻轻地将她环腰抱着。不多久我兴奋了起来，很想即刻带她回旅馆。但碍于另外四对与我们同车的情侣，我们必须等待，返程时天都已经黑了。那等待几乎把我逼到半疯，回到旅馆一关上门，我立即扑向她，扯开她的毛衣、她的莎丽与她的胸罩。我猛拉她衬裙的绑线却把线绑得更紧，失去耐

---

① 乌塔卡蒙德（Ootacamund，又名 Ooty），印度南部泰米尔纳德邦一座城市，旅游胜地。

心的手对那死结一点办法也没有，她想解开也一筹莫展。"哎呀，等等，这根线已经整个赶掐拘掐了。"我站起身，她也坐起来将结翻过来小心地解开。

后来，当我们躺着喘口气时，我突然想起来问她："刚刚你称呼那个衬裙线什么？"

她格格笑着说："赶掐拘掐。"

这我可从没听过。"那是什么？"我问道。

"赶掐拘掐。"她重复了一遍，眼睛闪闪发光。

"什么意思？"

"就是这个意思，你不会懂的……"她说。

我用手指戳她裸露的肌肤，搔她痒，说："快说，现在就说。"

她滚来滚去无助地笑着，随后停下来假装严肃地说："全世界只有四个人知道这个词的意思：我爸、我妈、我弟还有我。"

这个措辞是他们家原创，阿妮塔和她弟弟小时候发明的。某个傍晚，他俩在阳台上将风筝线卷成线球，爸妈在一旁聊着天，松散的风筝线变得杂乱，她弟弟忽然失去了耐心，把原先捏在手中整理的小线卷扔在地上，大喊："这个鬼东西已经整个都是赶掐拘掐了！"阿妮塔说："你说的是哪一国的话？"从此，这个词进入了这个家的词汇，先是姐弟之间，然后爸妈也跟着用。回忆起这一切，阿妮塔忍不住哈哈大笑，我也跟着笑起来。她又多说了些家里的事情，当她提到弟弟在一场摩托车事故中失去一条腿时，表情变得凝重。"他交了坏朋友，一切都变得赶掐拘掐。"她说，"若非如此，他也不会骑着摩托车四处游荡。"

隔天早上，我们在乱得无可救药的床上醒来。我的腿和她的腿缠在一块儿，我说："看，我们现在这么赶掐拘掐。"她没有笑。她肯定觉得我在嘲笑她。当然，对我而言这些词的意义永远不可能像它们对她一样，而我的发音也永远无法像她这么自然。但她与我分享了这个不存在于世界上任何语言的秘密词汇，我成了这世界上知道它意义的五人之一。

在乌塔卡蒙德的一周无疑是我们在一起的日子里最美好的时光，但也偶有争执。一天清晨，我们早起啜着茶欣赏窗外日出，我注意到窗沿上有只蚂蚁，就随手捏死了它，转身时见她盯着我。

"你为什么要这么做？"她问。

我不解地看着她。

"那只可怜的蚂蚁做了什么？你为什么要杀它？"她问，眼中已充满了泪水。

要怎么跟她解释我跟蚂蚁的那段恩怨史？对于没有经历过的人来说，这很难理解。"对不起。"我说，想要快速结束这个话题，她回敬我一番关于人类耽溺于冷血暴力的训话。

当她问及玛蒂的丈夫，而我也如实相告，她听了也很难过。我并不想对她隐瞒任何事情，但她惊恐的表情有时会使我无法对她全盘托出。在乌塔卡蒙德的那几天，我确认了一件事情：阿妮塔不是那种温驯、顺从的人。她想说什么就说什么，一点也不会保留。她会为了自己的理念滔滔不绝。这方面她可能比琪特拉更加火爆。面对这个现实吧：一个商人家庭和一个领固定薪水的教师家庭的道德规范，差别是天差地远的。从那时起，我就开始害怕她会给这个家带来混乱。

从乌塔卡蒙德回来后，阿妮塔最大的失望是我的职业。她在乌塔卡蒙德时问过我："你有多少假可以请？"此刻回想，那场景依然历历在目。那时我们吃完早餐回房，她问起这问题时，我正要伸手开门。我们那天起得太晚，赶着在早餐时间结束前抵达餐厅。吃早餐时，她告诉我说："在我家，从来就没听过晚起这回事，每个人都会在八点以前吃完早餐，爸爸午餐的餐盒那时也早已准备好。"话匣子一开，她开始介绍起家中的日常。她解释说，她爸爸的胃很敏感，所以除了偶尔喝咖啡，从不在外头吃喝。这也表示他的午餐必须在他前往大学前准备好。提到妈妈时她带有一丝骄傲，她妈妈会在天亮以前起床，在八点以前准备好每个人的早餐与爸爸的餐盒。"爸爸在我们上学前出门。"她一面笑一面说，他去系里以前会花一小时多的时间在图书馆。上完课再踱回图书馆待一段时间，晚上七点以前回家。

早餐的大部分时间她都在谈家里的事，回房的路上变得相当安静。或许她在思考我们回家以后她的生活会有什么样的改变，该如何重新安排以配合我的工作日。所以就在我开房门时，她问我可以请多少假。

进入房间，我将门关上，用手臂环住她的腰际。

"我要请无限期的长假和你在一起。"我试图转移话题。

"不，我是认真的，我真的想知道，快告诉我，到底你有多少假。"她说。

"我已经告诉你了，"我说，"这是真的，只要你在这里，我就有无限期的长假。"

她问了好几次，我都说得轻描淡写，不展开谈。

不知道在谈婚事的时候圣帕特都说过些什么，他铁定说我是黄金玛萨辣的总经理。当然，这是真的。但另一件事也不假：我从不理会公司的事情。

周六下午我们从乌塔卡蒙德回家，坐长途巴士把我们累坏了，所以当天剩下的时间我们全用来休息和整理行李了。在乌塔卡蒙德市场我们疯狂地血拼，以至于根本不记得到底买了些什么。现在，这些东西从行李中一一出现，一个接着一个，带来惊喜。手工首饰盒、咖啡杯、不同花色的发夹、装有多种花卉种子的袋子、相框……各种东西。阿妮塔为老妈买了一支有雕刻手柄的汤勺，为爸爸买了个眼镜架，给玛蒂的则是装在精美盒子里的干果以及三种口味的巧克力，小爹的是一个水罐。

为家中每一个人挑选礼物的做法，对我们来说很新鲜。在黄金玛萨辣公司成立、搬新家之前，每一件采买都需经过全家人的讨论。无论是玛蒂的衣服，或是老妈的莎丽、我的裤子，或是爸爸要的眼镜，每个人都对将要采购的物品一清二楚。所以任何一件新东西进入家中都不会引起惊喜。连光明节的新衣服，都经过充分规划与制定。我们会列明一个需求表，采购在预算内可行的物品，剩下的留到下一个采买的时机。这样的情况下，我们怎么可能了解拆礼物时满心期待的感受？当买东西的钱全来自同一个口袋，交换礼物这个想法听起来就是哪里不对劲。

后来情况变成由老爸告知我们每个人可花费的额度，这渐渐成为一种仪式。例如节庆前几周，当大家都在时，老爸会对我说："你是不是需要长裤？这个光明节就让你去买一条吧，三百卢比看你能买到什么……"他也会跟玛蒂说类似的话。这表示他已经决定，老妈、玛蒂和我各有三百卢比。不管我是用三百卢比买到了一件上衣和一条长裤或是三件上衣，只要在预算之内，他都不会有意见。我们会在接下来的一两周内逛街采购。若我和玛蒂超出一点预算，老妈会用她的部分来弥补。自从小爹开始工作后，他的衣服和必需品都由他自己张罗，但我感觉，凡事他都知会老爸。那时，我们之中没人敢擅自购买任何东西。

阿妮塔确保每一份给家人的礼物都包装好，清空行李箱时，将它们放在一起。待洗的衣物在房间的一角堆成一座小山。阿妮塔先检查我每条裤子和每件衬衫的口袋再将它们丢进衣堆。每当她从我口袋掏出硬币，就对我的粗心假装发怒一下。我的口袋里有各种小纸片——巴士票、旅馆收据、买东西的收据、商店老板硬塞给我的名片。我告诉她："你看都不用看，直接丢掉就好，都是垃圾。"然而，这些纸片联结了我们在乌塔卡蒙德共度的时光，她将它们一一打开细看，把其中一些压平、叠成一叠，剩余的丢弃。我们洗过澡后，一心一意地等待晚餐时刻的到来，她的心充满了真切的兴奋，而我则是希望这场关于礼物的滑稽剧能以最快的方式落幕。

晚餐的叫唤声响起，我们开始将包裹运下楼。"趁大家都在，我们要亲手把礼物交给他们，由你来给。"阿妮塔说。

我不知道怎么摆脱这个窘境，又有什么选择呢？"不，不，你交给他们。"我嘟囔着。

她已经安排好了，给老爸和小爹的礼物由我提，她拿另外两个。我们到达餐桌时，其他人都已到齐。

"阿妮塔从乌塔卡蒙德带了东西给大家。"我欢快地对着老妈说，声量大到足以让每个人都听见。我的声音连我自己听起来都感觉空洞，我只想以最快的速度了结这桩事。我利落地将老爸的那包给了他，将小爹的礼物放在他面前，说："这是给你的。"与此同时，阿妮塔也将礼物交给老妈和玛蒂。

阿妮塔有多热情我就有多尴尬。她拿起给老爸的礼物，说："你知道这是什么吗？"接着自己将礼物包装拆开，把眼镜架展示出来。"睡觉的时候或是去洗澡的时候，你可以把眼镜放在这上头，这么一来眼镜就不会刮坏了。"

老爸把眼镜摘下两次，将它放在眼镜架上，如同排演。小爹也已将水罐拆开，放在桌上。

"这个你可以放在办公室。"老妈建议。

"对，"他说，"好主意，我会带着它。"小爹走到他搁钥匙的小桌，为水罐清出一点位置。他相信出门要记得带的东西最好放在钥匙旁边。

玛蒂看着自己的干果和巧克力，孩子气地开玩笑说："这些都是我的，我才不要分给别人。"将它们搁在上楼的阶梯。

老妈盯着她的汤勺，说："客人来的时候可以用。"走到厨房将汤勺放在那儿。

我很庆幸这一切进行得迅速且顺利，但能察觉空气中弥漫着一丝紧张。好像有些话没说出口。肯定有人忍住没说慷他人之慨之类的话。如果我花的确确实实是我自己的钱，我会毫不迟疑地加入分送礼物的庆典，跟阿妮塔一样兴高采烈。然而由于我知道这个家里花钱的复杂之处，花钱对我来说的意义，跟对阿妮塔来说完全不同。在一般的家庭里，太太乱花先生辛苦赚来的血汗钱，家里人会对她怒目而视。更何况在我们家，钱的事情是如此微妙复杂。

我念中学时，老妈对我说，她期待我的第一份薪水能为她带来一件莎丽，她半开玩笑地说："但愿这份薪水好到可以是件丝绸莎丽。"老妈这样的表示有鼓动人心的效果，进入了我的白日梦：用我的第一份薪水为老妈买一件华丽的莎丽是我闪亮的未来想象中的重要情节，也是在承受考试压力时激励我坚持的因素之一。后来，黄金玛萨辣事业有成，莎丽的话题逐渐地从老妈的话与我的梦里蒸发了。到我终于开始挣钱时，大家其实并没有注意到，以至于连我自己都不知不觉。我到黄金玛萨辣上班之后，一个银行账户在我的名下开设，我也同时获得一叠名片。几个月后翻开银行存折，发现每个月都有固定一笔钱进入我的户头。那时我才注意到自己有薪水了。在这样的情况下，再郑重其事地为老妈买莎丽肯定已是毫无意义了。

那一晚，我一面吃着晚餐，一面担心那些未说出口的话会腐烂发臭败坏气氛，我低头大吃盘中的食物。

老妈注意到了，想让我多吃一会儿。她说："别着急，饭后还有水果，我买了很棒的苹果。"

我说："我已经吃饱了，这趟旅行把我累坏了，实在吃不下，现在我最需要的就是睡个大觉。"话一说完，我就逃离现场。

第二天是周日，我们早上懒洋洋，下午睡午觉，当我们起床喝茶时，阿妮塔又提起上班的话题。在婚礼与蜜月旅行之后，她以为我肯定得去上班了。我坐在房间的床上，啜着手中那杯茶，她坐在对着我的椅子上。

"明天要去上班你会不会不开心？"她一面问一面安慰我。

我一口喝下杯中的茶，将茶杯放回桌上，告诉她："去他的工作，我哪里都不去。"

她当我在说玩笑话，假装自己是一位沉溺爱河的老公，说什么跟她比起来，工作根本不重要。这话取悦了她，她接着问："明天我是不是该准备你的便当盒？"

"哎呀，不用啦。由它去。"我说，"我从来就不重视吃，你也不用操心，反正我的工作时间很弹性。"我不想继续这个话题，就离开了房间。

第二天起，阿妮塔开始熟悉我们家的日常规律。小爹每天早上八点半准时出门，如果早餐还没好，他宁可空着肚子去上班也绝不迟到。那时他的电话已开始因为紧急的事情而"铃铃"作响。只消看小爹早上的模样就足以明白他是一个完全投入工作的人：匆匆忙忙，一面下楼一面扣衬衫扣子，心不在焉地把眼前的早餐吃光，一把抓了钥匙出门。家中的步调在小爹上班后恢复懒散，再也没什么需要准时完成的要紧事了。

周一早上阿妮塔感受到这种匆忙后，担心我会迟到，走到床前把我摇醒。

"不要催我，我还有时间。"我无精打采地说。我如同

70

以往，悠哉地起床，喝茶看报、盥洗，下楼吃早餐。

老妈嚷嚷："他只爱吃热烘烘的多萨圆饼。"她一片片地煎好让我一片片地趁热吃。在等待下一片多萨饼上桌时，我盯着阿妮塔，对她眨眼。我悠闲的态度想必使她相当困惑，毕竟她一直想搞清楚能怎么帮我准备上班，如何做到最好。最终，在我十点出门前，她将手帕叠好交给我。

我约三点半左右回到家，阿妮塔或许有些惊讶但没表示什么。隔天，我一点到家，吃了午餐睡了一下午。再隔天，我说头痛，在家躺了一整天。

到了第四天，我刚洗完澡，穿好衣服，在镜前梳着头发，阿妮塔进来把门关上。她坐在床上用相当严肃的口吻问我尖锐的问题。当时她多半已猜到小爹在家中的地位。

"告诉我真话，"她说，"你的工作到底是什么？这个家是靠谁的收入养着？为什么你从来不提你的工作？你每天到底是去哪里？"

她说如果我不回答她就不吃东西。我心想，她是我太太，是该知道真相。于是我把家里的故事和每个人的情况原原本本告诉她。

我说："我们衣食不缺，只要一切顺利，谁做什么工作没有那么重要。家里有钱，不用担心。"

她的反应出乎意料。

"你为什么骗我？"她很生气，"竟然还在靠别人养，这样的人怎么可以结婚？我不需要这些，我可以过很简单的生活，但我希望你有一份体面的工作，无论那是什么，可以不要是这种每天去仓库、人家给你多少就拿多少的工作吗？靠别人施舍过活你难道不会感到羞耻吗？"

我安抚她，一度还提起老爸在黄金玛萨辣的一半股份，说："看，这些最终都会是我们的，对不对？"我的话使她厌恶，她说，这些是遗产，没人能保证的，她无法接受我并没有自己的收入这个事实。在我心里，家里的收入就是我的，而在她的心中，我和我家应该是独立的个体。

她坐在床上哭泣了好一会儿，说："如果真是这样，我也可以去上班……每一个人都应该自食其力……你不能一直靠别人养……"此刻没有什么能使她平静下来。

说真的，她的话深深地打在我的心头。我也时常思索自己的处境，但怎么才能摆脱？以目前的情况而言，我没有一技之长，找一份好工作几乎不可能。我告诉她："你看，我其实一直都去仓库工作，只是婚礼后的这段时间变得不太规律，从明天起，我每天去，并且认真工作。"这是唯一能安抚她的办法了。

她很快自己冷静下来，洗了把脸免得别人发现她哭过，我静静地坐着，看着她。她说："你何不现在就开始？"她离开了房间。

尽管这一切发生在我们关着门的私密房间里，老妈却有所警觉，恐怕猜到发生了什么。

那一晚，有件事情使我辗转难眠：我记得早上还看到在乌塔卡蒙德买东西的收据发票整齐地叠在桌上，后来一转身，却发现它们全都不见了，我四处寻找，最后在垃圾桶里发现了它们，揉成一团。铁定是阿妮塔，但我没有问她。

我在床上翻来覆去许久，我们在乌塔卡蒙德逛街的画面一直浮现在眼前。那时，我常一时兴起，想买这个或那个东西给她。想到她有自己想要的东西，而我可以去满足她，是很奇妙的心情，这使我们更亲密。当我们在乌塔卡蒙德的市集散步，我尾随她步入每一间她走进的商店，鼓动她把东西买下来。我们第一次从市集回来时，她害羞地问我："我是不是花太多钱了？"我告诉她："真是如此我会告诉你的，现在你别担心钱的事情。"虽然我们买的那些小东西没有花多少钱，但一有机会，阿妮塔总会杀价，把价钱压低。不知为何，她对我的钱在意，为我带来很大的满足。这也使得当她开始大方地花我的钱，指使我去付款时，我感到格外地快乐。"给他三十五卢比！""这边两百！""二十五！"我们在乌塔卡蒙德从没有一天空手而归。扔掉这些承载着回忆的发票对她来说肯定不容易。我完全了解看着它们在垃圾桶中揉成一团的那种痛苦。

我开始规律地到黄金玛萨辣的仓库上班，朝九晚五。我想要认真投入工作，但这样的决心维持不长，还是那个老问题——根本没有需要我的地方。而每个月银行账户汇入的款项更加丰厚，小爹大概是觉得婚后的我需要更多钱。

这笔钱远大于我们的开销，但阿妮塔想要的跟钱没关系。

没错，我们的社会确实认为男人应该满足太太经济上的需求，但谁知道他是应该靠自己赚钱呢？当我开始努力达到阿妮塔心中独立自主的标准，我在公司的出席率几乎与那些最勤奋工作的雇员不相上下。除了小爹，没有人知道我真正做的事情几乎是零。我和阿妮塔提过咖啡屋——在那里，我的出席率也同等卓越。她恐怕以为咖啡屋是仓库旁边的小餐厅。当然我没带她去过，但我颇为愉快地向她提起过那位智者文森特。

家教使然，阿妮塔从不羞于表达自己，特别是当她对身边的事情持有反对意见的时候。而这与我们家心照不宣的规则恰恰相反。我们总是选择若无其事地过着日子，例如，没有人会对小爹的所作所为表达反对意见，特别是搬到新家之后。当他吹嘘什么政府官员是黄金玛萨辣的好朋友，不会有人提出令他尴尬的问题。唯一的不和谐音来自老爸偶尔怀念过去在一家正当公司当诚实的销售员的日子。遇到这样的情形，我们假装没听见，老妈赶紧转移话题。我们将他的行为归因到他对前景长期的悲观，但我猜，在内心深处，我们知道他是对的，毕竟，我们都曾经积极参与他的工作，深知过去与现在的对比是巨大的。黄金玛萨辣或许是我们的公司，但我们对它一无所知。起初，老爸会到仓库去，他很快发觉自己的观点跟小爹完全不同，他的存在只会妨碍工作。于是他退出，让小爹独自管理。

我们从来不会挑战老爸和小爹，想都不敢想。没错，这里头是有一些自我利益的考虑，但说这是唯一的理由也就太夸张了。这也是一种文化差异。有时，阿妮塔和玛蒂与老妈吵起来时，会把怒气变成对小爹与老爸的冷言冷语。我们像惊弓之鸟一样生怕这些话被他们听见。老妈对家庭福祉的重视更胜于吵架的输赢，有时候甚至迅速投降，让阿妮塔获得胜利的感觉。因此，当一家人聚在一起时，空气中总会有一丝恐惧，就怕阿妮塔扔出下一个口头炸弹。

我们家隔壁的房子原来是间空屋，我们将它租下来当做可以随时监看的香料囤放处。某些时候，载着成袋香料的卡车会在晚上九点抵达，约一个小时后空车离开。一次，卡车来晚了，大约十一点才到。引擎声将我吵醒，阿妮塔也因为睡眠被打扰而开始埋怨。我不喜欢她这样，或许她还没了解到这就是我们赖以维生的生计。我起身，没有开灯，站在窗边。我们的房间在二楼，可以俯瞰街上。小爹已站在门外，两位工人跟着卡车一起来，卡车司机催促工人赶紧卸货及早离开，小爹不同意，坚持在货物下车前每一麻袋都需过磅。卸货的工作缓慢而井井有条。阿妮塔也来到窗边，她肯定疑惑为何我没到楼下去帮小爹，但她不发一语。街上传来一阵争吵：小爹抗议一些麻袋重量不足，卡车司机则宣称我们的磅秤有问题。正当其时，一位工人在搬运中卡到了铁门而弄伤了脚。小爹冲进房里，拿出一些旧棉布为他包扎，接着他跳上卡车，将麻袋抬起，放到另一位工人的肩上，动作像工人一般敏捷。我回到床上，仰面躺下，但睡不着。

　　工人简短的交谈与劳动中发出的急促的呼吸声，打破了夜晚的宁静。接着卡车铁链碰撞，发出哐啷哐啷的声音，引擎活了过来，卡车在半夜一点左右离开。直到那时，阿妮塔一直站在窗前。我没有问她原因，然后她回到床上，一句话也没有说。

七

老妈将那位女子扫地出门的那天，一直到午饭前，小
爹都在房里没有现身。我们全体围坐一桌，除了老妈，她
通常等到我们吃完才吃饭。她为我们送上烤饼。我们之间
的对话相当简短，仅止于"帮我盛一点那个""够了够了"
之类的话。为了使我们像平常那样聊天，老妈问："咖喱煮
得怎么样？莳萝用完了，不然会更好吃。"

没有人回答。

过了一会儿，阿妮塔说："噢，玛酥豆咖喱配烤饼很合
适，如果不是你早上那么不小心，我们现在就有得吃了。"

那个我们竭力绕过的话题、老妈努力驱走的幽灵，被
阿妮塔的一番话拽回了餐桌。此时一阵沉默，人人都紧张
地专注于自己的盘子。我心想谁会跳出来帮小爹忙，一如
今晨，老妈又站上第一线。

"你知道自己在讲什么吗？"她压低声量，来势汹汹。

阿妮塔没被吓到，甚至是面露喜色。接下来等着看究
竟她是要含沙射影，还是要开门见山直捣核心。

"什么？这有什么不对？说不定这里没有人喜欢吃玛酥

豆，但我很喜欢。我可真希望你那时收下它。"阿妮塔说。

老妈拉高嗓门："乞丐到了家门口，难不成我们该说欢迎光临？"

我们其他人保持安静，我觉得自己该说点什么让阿妮塔别说了，但脑中一片空白。

阿妮塔继续说："会有多少乞丐专程来送食物给我们吃？"

老妈说："这个女人是你的谁？为什么要帮她说话？难道她对你比我们对你还重要？"

"她不是我的谁，跟我无关，但她可能是这里某个人的谁，我看不下去我们连听都不肯听，就把她当流浪狗一样地赶走。如果女人都不支持女人，谁支持？"

"难道为了支持别的女人，你要纵容破坏家庭的人？"

"是什么让你觉得她会破坏我们的家庭？她没有骗人，也没有向我们要求任何东西，她可能遭受了背叛，但绝对不是她背叛我们。"

小爹举起水杯，一饮而尽，将椅子向后推，饭没吃完就走了。我该做点什么了，我说："别说了，阿妮塔。"她若无其事地继续吃饭。

老妈气得发抖，说："你害得他不吃饭了。"

"你是在说你自己，"阿妮塔说，"是你把给他的咖喱翻倒在地上。"

老妈祭出了以往让所有人闭嘴的杀手锏，说："我做这

78

些难道是为我自己吗？"

阿妮塔无动于衷，她说："是的，就是为了你自己，你只是想确保小爹单身，不容许任何其他人进入这个家挑战你的权威。"

老妈被阿妮塔的话噎住了，老爸一言不发，将自己的饭迅速吃完，起身离开。一直保持安静的玛蒂，看到败下阵来快要掉眼泪的老妈，开口帮腔了。

"我们可没闲工夫理会街上那些不三不四的人，今天是她，明天又是谁，接着还会来一些老同学呢。要是对这样的人一概开门迎接，我们很快会上街去要饭的。谁不想跟有钱人攀攀关系？成百上千的人等着编故事来捞一笔。"

阿妮塔由玛蒂讲完她所谓的老同学，说："无风不起浪，如果他没有勇气信守约定，一开始就不该接近她。"

在此之前我们一直都能避免任何让人不愉快的话传进小爹的耳朵，使他保持身心愉快。任何家庭的幸福都依赖于人们选择性的装聋作哑。当阿妮塔进入自杀式的直话直说状态，她是天不怕地不怕的，好像她要准备跟大家同归于尽一般。

老妈和玛蒂将目光射向我这边，带着无助的怒火。我猜她们对我的沉默相当不满，玛蒂对我说："把你的午饭吃完，夹起尾巴走吧。"我又能做什么？我跟大家一样明白阿妮塔的鲁莽是毫无益处的，她实在没有必要这么热心地支持那个女人。但我也没有办法反驳她。总之，阿妮塔看起来很满意自己的作为，不紧不慢吃完午餐后回到我们的房间。

那个下午，底线被跨越了。我对可能的后果忧心忡忡，其他人想必也与我相同。那天傍晚阿妮塔要启程回海得拉巴一周，我由衷地希望在她出门前不会节外生枝。我上楼走进房间，为了避免交谈而假装马上入睡。阿妮塔肯定注意到了，她一面打包一面嘟哝说："你大可张开金口说几句公道话啊……你跟其他人一样赚钱养家……不需要表现得这么卑微吧……总不能因为她是陌生人就要让她遭受这种羞辱……如果是你自己的家人，你能容许她被这样对待吗？你们家唯一正直的人就是你爸爸，而其他人却把他当疯子似的对待……我该找一天去警察局报告这个家庭的一切……让肮脏的真相暴露在阳光下，说不定今天去火车站的路上就该去一趟了。"

她的最后一句话使我浑身打颤，"警察"二字总使我们格外害怕，尽管没做什么坏事，警察出现都会使我们神经紧绷。而总是有人竟陶醉于报警这档事，琪特拉就是其中之一，她讲到去警局时，就像别人讲去邮局一般。阿妮塔也是一样——我猜这是她在海得拉巴的非营利组织当志愿者的结果。此时，我最好什么都别说，乖乖闭上我的双眼。

我不知道怎样才能使她从自己人的角度看待我们家人间的关系，否则是不可能理解的。

我去火车站送她。我们的对话不痛不痒。"好啦，再见。"她一面走向车厢座位一面说，语气很正式。我们似乎都没有兴致多说些什么，杵在车厢里一会儿之后，我发现自己在这里也没什么可做，便走了出来漫无目的地站在站台上。等回过神来望向车内时，见她已经在和邻座的女人交谈。阿妮塔一身乳白色莎丽，头发扎成一个圆髻，我想象着在夜色下她看起来会有多美。

我们大可让她坐飞机回家，但她坚持搭火车，二等车厢，但好在她答应搭乘卧铺包厢。

接近启程时间，月台上越来越喧嚣。我不确定阿妮塔是否注意到我站在外头。我试图引起她的注意。她似乎一度望向了我，又好像没有，因为她瞬间回头和邻座女子继续聊天。引擎的喇叭声响起，一对夫妇在最后一分钟抵达，拎着过多的行李，抢着爬上阿妮塔的包厢，那时火车已逐渐开动，我看这一幕看得出神。当我意识到还没跟阿妮塔挥手道别，便跟着火车前进，她依然全神贯注地聊天，没有看窗外。火车加速时我也跑了起来，无论她有没有见着，我向她挥了挥手，至少安慰了自己，然后停下了脚步。火车将我抛在后头，向前开了。不知道从哪一刻起我们断了联系，是她开始和邻座聊天的时候？还是我专注在那对拼命上车的夫妇的时候？或是，更早？我好像没有真的与她道，感觉像是有件什么该做而未做的事。

回到家时，小爹已出门，老爸也不在，玛蒂没有踪影。我没有心情跟正在看电视的老妈说话，径自上楼，将自己关在房里。

坐在床头，我注意到的第一件事就是阿妮塔的衣柜门没关好，我起身前去推了推衣柜的门。一件衣服夹在门缝里。我将两扇门整个打开，好让衣服归位，一股熟悉的香味扑向我。有一秒钟，看着衣柜镜子中的自己，我迷失了。衣柜右侧挂着她的莎丽，底下叠放着她的上衣与莎瓦套装，左侧带锁的抽屉中则是她的手镯、耳环与项链，都是些混合金属的便宜货，除了结婚时的梦格拉苏塔金链①，她从不佩戴金饰。

我打开其中一个抽屉，里头放着她的一些证书与文件，另一个抽屉中则是我们婚礼的相簿。翻看几张照片后我将相簿放了回去。旁边则是一些纸张、收据、写着某人电话的纸条。我看见了一张折起来的剪报，将它打开，是关于一位名叫梵拉西塔的人的死讯，照片上看是位长着大眼睛、骨瘦如柴的中年女子。她在去年六月过世，上头没有写她的死因。奇怪，我不记得阿妮塔提起过这个人。肯定是个亲戚。我胡思乱想一通，镇定下来。

在她不在时，我闯入了她的世界。深知以她目前的心境，这些绝对不会被允许，然而我还是做了。我细看她的饰品，用串珠裹住我的手指，我触摸她的衣物，检查她的纸张，用手掌称量一个太阳形状的吊坠。收在衣柜里的一

① 梦格拉苏塔金链（mangalsutra）是印度女性在婚礼时佩戴的重要首饰。

切是阿妮塔的整个世界。从乌塔卡蒙德回来后，我们就再也没有一起买过任何东西。我将自己靠在她衣柜里的架子上、陷她的衣服里，深呼吸。这些我曾一无所知的气味，如今已是如此地熟悉。我拿起莎丽闻了闻，气味似乎是更淡而非更浓郁，其他从柜中取出的衣物也如此，那个属于整体衣柜的气味似乎在这些具体的衣物中消失不见，我越热切地想捕捉，它们消散得越快。有种我无法说清的复杂感受——爱、恐惧、占有、欲望、挫折——它们不停地涌向了我，一直到我几乎要崩溃。

接下来的周日，也就是前天，我们全都在家里。阿妮塔还在海得拉巴，也快回来了。那是平淡而阴沉的一天。午饭过后我小憩一会儿，又在床上赖了一阵，然后爬起来，洗把脸，到楼下喝茶，看见了老妈。

她独自一人在客厅，电视关着，盯着墙看，似乎在深思。这使我想起几年前半夜见她蹲在厨房拿着手电筒照墙壁的那个夜晚。"妈，怎么了？"我问她，她怔着，我问了她与那晚一模一样的问题，而她的反应也一样。

"来，"她说，"我来煮茶，不想只煮给我自己，正在等你们中的谁一起呢。"我猜想她可能正想着阿妮塔上周带来的混乱，如何把阿妮塔搅到水面上的淤泥清理掉。

我跟着老妈到了厨房门边，料理台闪闪发亮——老妈总是在午饭后就打扫。她煮茶时我杵在门边，情不自禁地想着瓦斯炉刚来的那一天她是如何兴高采烈地为我们大家煮茶，这一切就像发生在昨日。她将锅子放上瓦斯炉跟我说："去叫你老爸，我可以顺便把他的那杯也煮了。"此刻我一点也不想离开厨房，于是大声叫唤，反倒是小爹与玛蒂下楼了。"很好，"老妈说，"正好一次煮完。"说着她往锅里多加了一点水。外头的乌云更浓厚，房子也更加阴暗了。上次她这样为全家煮茶已经是好几年前了，那倒不是什么愉快的场合——那天玛蒂刚大闹她先生的家，带着金饰凯旋。我走进家门看见每个人都在客厅，老妈正起身去煮茶。

我把茶杯和碟子在桌上摆好。

那日早晨老爸为我带回了我最爱的烤面包脆饼，来自旧家附近的烘焙坊。他在那一带逗留有一阵子了。有一次我觉得这烤面包脆饼太好吃了，差点一个人把整包吃光。老妈说："好在他还记得。"想必是她交代老爸买的，他已经很久没有自发地买什么东西了。

我拿起一片脆饼放进嘴里，这么多年过去了，还是原来的味道。如果非要说有什么变化，大概就是这味道变得更加丰富，因为它让人想起那简单的旧时光。我感觉飘飘欲仙了。

我们一个个围着桌子坐了下来，只差老爸一人。看着我们大家都在，老妈显得有些兴奋过度，她没说什么，但情绪从她轻快的脚步、动作，还有看着我们的模样里流露出来。乌云密布的天空使得室内的光线更加黯淡，更像我们的旧家。老妈把煮茶的锅子端了出来，玛蒂像她小时候一样地嚷嚷："妈妈，快点给我！"昏暗的光线、脆饼的滋味与齐聚一堂的情景将我们带回了旧日时光。老爸还是不见踪影。

"我们的咖啡王去哪儿了？"小爹问。

这句短短的问话使紧绷多年的结瞬间松了开来。过去有段时间，小爹给家中每一个人取上小名，老爸就叫"咖啡王"。小爹会说"看来我们的咖啡王有了辛苦而漫长的一天"或"看看咖啡王神气的模样，今天业绩肯定很好"。然后你会看到老爸变得温和。

每个小名的背后都有故事。某个周日我们出门吃点心，经过一家销售咖啡粉的商店，招牌上写着"咖啡王——王中之王"，之后当老爸和老妈像往常般合点一杯咖啡，老爸啜着咖啡时，小爹就说："咖啡王正在喝咖啡。"我们全都笑了。

我小时候老爱抱怨发牢骚，获得了"苦苦"这个小名，玛蒂则是"玛皇后"。小爹会说："哈啰，玛皇后，今日的您真惊艳！"她的脸因此闪闪发光。我常想，如果没有小爹的溺爱，玛蒂会变成今日这副被宠坏的模样吗？老妈叫做"食母阿南达"，因为她喂养我们。吃饭时若是我们等得太久，我们会哀求她说："噢阿南达，拜托拜托阿南达，您能分给我们一些食物吗？"而自从有一次小爹栩栩如生地告诉我和玛蒂电影《鸠格努》里头的一个场景——德曼达头下脚上地由高处用绳子吊下来偷走钻石——自此之后，我们都唤他"鸠格努"。

自从搬到新家起，这些名字就很少被提起，我们相聚的时间少到不足以唤醒这些小名。尽管还是偶尔会聚集，例如吃饭的时间，我们大多心不在焉。如果一切照旧，恐怕小爹早就为阿妮塔取上小名了。

老妈在厨房里大喊玛蒂去把老爸叫来，她冲上楼，把老爸给带了下来，他一定也发现了欢乐的气息。老妈为我们端上茶，问有没有人要加糖，随后坐了下来。

小爹说："阿朴纳烘焙坊的面包脆饼是谁也比不上的。"

"他们使用黄油毫不小气。"老妈说。

"那是因为他们在面团里加入奶粉，老板亲口告诉我的。"玛蒂说着，"但他们的面包脆饼比别家的贵五卢比。"

"蛋糕是一分钱一分滋味。"老爸引用名言。这句话来得正是时候，我们都笑了。老爸也咧着嘴笑，已经好多年没有人对他的笑话有所反应了。

小爹快速喝完手中那杯，对着玛蒂说："玛皇后，再来一杯如何？"

"鸠格努说了算。"她调皮地说，起身要去厨房。

"我有礼物要给你。"小爹告诉玛蒂。她问是什么，小爹说："茶先来，好喝我就给。"

86

"至少先让我知道是什么嘛。"玛蒂撒娇。

小爹屈服了。"一对耳环，"他说，"我昨天陪朋友去为他妹妹的婚礼买首饰，大家都买耳环，我就想到也买一副。"

"谢谢，鸠格努，"玛蒂说，"婚礼之后就再也没人送我礼物了。"

"但你一直都在买啊！"我说。

"噢，你给我闭嘴。"说着，她面带微笑，走进厨房。

老妈在她身后大喊："茶粉在对面窗台上！"

几分钟后，玛蒂端上一大杯茶，"我的这一杯比老妈泡的更热、更浓。"说着，把茶放在小爹面前。

小爹笑了："这本来就是买给你的，怎么弄得好像我会不给似的。"

玩笑话让屋子里有了生气，似乎因为阿妮塔的缺席，我们终于被准许无拘无束地做回自己。好久不见老妈这样的笑容，老爸心情也大好，一时兴起提到早上出门听来的新闻。"你记得从前住在我们街上的满加纳斯吗？好像是他爸爸刚去看过他，却在某一天睡眠中死了，这个人得过最佳教师奖……今天的报纸上刊登了他的照片。"

玛蒂说："是那位在班加罗尔待不下去、决定搬回乡下的先生吗？"

"是的，今天早上，我因这事情被满加纳斯拦下来说话。"

"不知道为什么，"老妈说，"想到那个房子我就浑身发抖。天知道这个人是梦中过世还是什么其他的原因……"

"你为什么这么说？"玛蒂问。

老爸打断她："噢，关于他们的事情，她总是疑神疑鬼……满加纳斯的太太过世的时候，她也这么说。"

"管他的，"老妈说，"全镇的人都知道满加纳斯杀了他的老婆。不就是在这件事情发生之后，那位老先生才仓皇逃回乡下？"她看着老爸说："当然，你是永远站在她那边的。我搞不懂到底她有什么……所有的男人都在满加纳斯家附近闲晃，找借口和他说话好看她一眼。这些人成群地坐在他的店里。她傍晚还好端端的，怎么到了晚上就死了？"

"老妈，不管怎么样，有别人在的时候你别说这件事情。"玛蒂说。

"我何必呢，"老妈说，"现在这里又没有别人，那种对自己脚下的南瓜不知不觉，却跑来管你脚边芥末籽的人并不在这里。"

很明显她在说谁。大家笑了，我也笑了，但又感到愧疚。我背叛了阿妮塔。

小爹说："你们都不知道满加纳斯老婆之死的完整故事。当她失去意识时，大家都听到了叫喊声，也见她被抬进车里急着送去哪儿，但没有人知道他们究竟是去了哪一间医院，又做了什么，只见傍晚时将她的遗体带了回来。

我告诉你们：他们离家的时候她已经死了。车子根本没有去医院，四处晃荡一整天后带着盖上白布的遗体回来。警察早被收买，遗体被草草地焚化。她的家人也很无知，甚至等待满加纳斯来娶她妹妹。当然，他们的期待很快就落空了……"

"但她也不是完全没有错，"老妈补充道，"那天晚上他们因为她的言行而大吵，她似乎对她先生说了什么很糟糕的话，盛怒之下，他勒住她的脖子，或许没料到她会就这样死了。"

"没有人知道她究竟是怎么死的。"小爹继续这个话题，"他们到处散布谣言说她早有各种病痛，这些都是狗屁。她好得很，哪有人会年纪轻轻就突然自然死亡？一定就是满加纳斯，而他就是有本事全身而退。"

大家沉默了一阵，玛蒂提起另一个话题。报纸上有则新闻，关于两年前一个女人因为厨房瓦斯漏气而被烧死。事实证明，整个事件都是她先生一家人所策划。"他们知道每天早上她是第一个进入厨房的人，"玛蒂说，"所以他们在夜间把瓦斯打开，关上门，她进厨房一点火就烧了起来。她死前说，当时无论她如何尖叫，家里的人都袖手旁观。她丈夫和公婆在审讯时坦白犯案，但在法庭上声称这是意外，白白是警察逼的，最后他们都被放了……"

"现在这个时局，谋杀变得很容易，"小爹说，"有人就是直接把人给杀了，只是后来被逮到。记得那个最近杀死太太的搞计算机的吗？他因为算计过头而落网。"他笑了出来。

玛蒂说："你说的是圣尼提谋杀案吗？那个可怜虫用了两张 Sim 卡来隐藏地点，还是被抓了。那个女的是我朋友哥哥的同事，在工作上非常好辩，显然对她公公婆婆也是这样。也难怪他想摆脱她。"

"这个白痴，"小爹接着说，"认罪的时候说自己杀她是因为她没有好好照顾他的爸妈，现在呢，她死了，他自己在牢里，谁来照顾二老，如果他当初策划得好一点……"

玛蒂追问怎么做会更好。

小爹叹口气说："这种倒霉事就是会发生在那些读了点书、看了点电影，就以为自己什么都知道的人身上。你真该听听罗威说他们黑道怎么干的，他们策划的意外听起来真的不可思议。"

"谁？你的朋友罗威吗？"此刻玛蒂的声音在我听来是有点兴奋过度了。

"是同一个人。你该听听他和他的朋友怎么策划的，那是一个完全不同的世界。他曾告诉我说，杀人用的凶器是最后法庭上的重要证物，所以最保险的方法就是完全不用任何东西。"

"那用什么呢？用手吗？"

"我也问了这个问题。他叫我别傻了。他们有各种方法，他们叫人从遥远的省份过来，任务完成就消失不见。

比如说，一个男子走在暗巷里，一辆没有车牌的车子呼啸而过，将他撞倒，事成之后迅速远离，你去抓谁？罗威说，只有那些在盛怒下的人才会去打破别人的头或拿刀杀人……那些人才会被抓。被抓的从来就不是头脑冷静的那些人。你想想，人死的方式有这么多种……"

"你们到底在讲什么？"老爸问，有些不悦，"好像如果我们有需要，我们有权杀人一样。"

小爹叹了口气说："咖啡王活在另外一个世纪。"他说："这种事情在今天早已是没什么大不了的了，我以前从没说过，但你们知道为了黄金玛萨辣公司，我交了多少保护费吗？其他人也都这么做，你永远不知道自己什么时候会需要这些人，照顾这些人已经是生意人的集体责任了……"

屋里一片尴尬的沉默，我们都知道老爸痛恨这些，即便只是轻微的不择手段他都受不了。通常我们避免谈起这个话题——要是他哪天突然受够了而想要摆脱这些钱该怎么办？

我如同以往一般不发一语，但沉默暗示了我的态度。老爸起身离开，紧接着我们也一一离开。

我带着激动的情绪飞奔前往咖啡屋。文森特将咖啡端上桌时，我心不在焉地跟他说希望家中的每个人都安然无恙。他点点头，微微地笑着说道："血浓于水，不是吗？"

他提到血的那一刻我开始发抖，不管这句话的意义为何，他为何在此刻提到血呢？他至少是体贴地假装没发现

91

我的不快，话不多说就离开了。

　　今天是星期二，自从阿妮塔离开后，就不曾打电话回来。照我帮她订的车票日期看来，她早该在昨天下午抵达了。从昨天早上离家后我还没回过家。我没有勇气。整夜我都睡在办公室的沙发上。整个早上徘徊不定，而现在我又到了咖啡屋。势必要跟文森特说话，我一直想办法说服自己一切没事，却怎么也做不到。她为什么没打电话来？她如果已经到家应该会打电话来才对啊。家里也没人打给我。小爹今早见到我也什么都没说。

　　我忧心忡忡地坐着等待。电话响起，我抓起电话看了一下屏幕，是陌生号码。

　　"你好。"我说。

　　电话那头传来："你好，高比，是你吗？"

　　不，不是。

　　"你打错了。"我不客气地说，挂上电话。我的一颗心像是在旋涡中，怎么尽挑今天让我接这种无聊电话？先是保险推销员，然后是这个。这难道是个征兆？

　　或许阿妮塔还没有从海得拉巴回来，又或者，她没打来是因为还在生我的气。可能从火车站回家的路上发生什么意外吗？可能有卡车在她从三轮摩托车下来时撞上她吗？还是她自杀了？家里有她需要的一切，绳子、电线、安眠药。高楼也不远。两个在家的女人把她给刺杀了——

还有比语言更不易察觉的谋杀工具吗？

够了，疯了！现在就回家吧。我举起眼前的一杯水，杯子在我手中破了。文森特跑了过来，将桌布包起以免水流到我的身上。他把我换到隔壁一桌，自行为我点了杯咖啡。

我端坐着试图保持镇定，隔一会儿就利落地喝一口咖啡。

文森特向另一桌走去时，又突然靠过来说："先生，你或许要洗个手，出血了。"

我呆住了，发生了什么事情？我究竟被牵扯进了什么？一定有什么方法可以摆脱这一场……此时自行进入我脑中的则是这几个字：赶掐拘掐。